U0749860

你从
山中
来

周 勇 著

走遍千山万水，
也要寻找灵魂之乡。

浙江工商大学出版社

图书在版编目(CIP)数据

你从山中来 / 周勇著. —杭州:浙江工商大学出版社，2018.9
ISBN 978-7-5178-2907-2

Ⅰ. ①你… Ⅱ. ①周… Ⅲ. ①报告文学—中国—当代②散文集—中国—当代Ⅳ. ①I217.2

中国版本图书馆 CIP 数据核字(2018)第189303号

你从山中来

周　勇　著

责任编辑	厉　勇
封面设计	林朦朦
责任印制	包建辉
出版发行	浙江工商大学出版社
	（杭州市教工路198号　邮政编码310012）
	（E-mail:zjgsupress@163.com）
	（网址:http://www.zjgsupress.com）
	电话:0571-89995993,88831806(传真)
排　版	杭州朝曦图文设计有限公司
印　刷	杭州五象印务有限公司
开　本	880mm×1230mm　1/32
印　张	6.75
字　数	153千字
版 印 次	2018年9月第1版　2018年9月第1次印刷
书　号	ISBN 978-7-5178-2907-2
定　价	40.00元

目录

第五辑 凡闻逸事

关于春天的故事（代序）

　　将这些传记或者特写集中起来，就是我曾经走过的青春记忆。《你从山中来，带来兰花草》取材于我所经历的杭州育才中学发展过程史，对此，作为经历者的郜晏中校长最有发言权了。从创办到今天的18个年头里，当年何其艰辛，花开半夏，杭州育才中学已经集团化、上规模、上档次。但是当年办学的辛苦，如今还历历在目。这篇报告文学就是很好的记录。郜校长作为一个从浙江临安山里走出来的教育实业家，他的成功靠的是"样样落实，天天坚持"这八字校训。

　　《灿若芳菲》是通过采访我的高中老师、班主任，全国优秀教师、特级教师王若芳老师撰写而成的人物传记。这篇作品从采访到成篇，蒙恩师一改再改，我希望它是对老师多年教诲的一次报答。老师说自己想写一本自传，但是要掏钱。我说，我来替你写。王老师三十年教学经验和管理模式告诉人们，成功是一步一个脚印走过来的，教育是用爱去点燃学生内心的火焰，把理想书写在踏踏实实的行动中。

　　《沂蒙之子张在军》是我付诸心血撰写的报告文学作品。我与张在军由于一篇文章相识。我的散文《献给母亲的歌》原发于《读者》杂志，后发于《散文选刊》，获得全国教师征文大赛金奖。九年前的夏天，我在家里伏案写作，恰巧接到张在军打来的电话。他在电话里问我多大了，说看了我在《读者》上发的那篇散文很有感触，猜测可能我们是同辈人。张老师说他在中国教育学会工作,目前受命主编《中华人文阅读》丛书,打算把我的散文编入其中,这套书一共有12册,其中中学、小学各六册。他补充说,会有入选证书、样书和稿费寄给我。按照字数要求,我的散文要适当删去五百字左右。我欣然应允,老实说,那一年我的这篇散文获奖发表,甚至入选教辅丛书,前前后后收入不菲。

张在军老师在其后也经常向我约稿,我的作品也开始时常出现在各类中小学教辅书籍里,甚至有幸和三毛、普拉斯等大作家的作品并列。后来我了解到张老师是一位有着乡村教师背景的著名特级教师,他的经历是传奇而有教育意义的,便随即对他进行了采访,掌握第一手资料,又蒙张老师赠我《为何成就卓越》一书,历时二十天,我终于完成了这篇传记。我为张老师悉心创造的教育业绩所感动,这是励志者的歌,这是理想蓝图的真实素描。

此外,我还撰写了俞舒扬、朱瑾文、林渝凯、刘芸、张静雪等一大群优秀学生的文章,他们有的已经成了名牌大学的学生,有的成了小作家。孩子们对文学艺术孜孜以求,用自己的努力结出了理想之果。

我对杭州的情怀难以忘记。杭州是我的第二故乡。这里的山水美、人文美,也成了我创作的源泉。我写杭州的历史人文,用自己的观察和阅读向杭州致敬。

守望江山,走南闯北。通过走访,收集资料,我在叙述中致敬名胜古迹,为自己的江湖行旅打下良好的注脚。

守望亲情。《写给娘的家书》使我在漫长的思乡之旅中感受到亲情的魅力。想起在梦想小镇录制视频的过程,我用真诚作为对纪实文学创作最好的诠释。

纪实文学,它站在时代的前沿,是轻骑兵,也是擂鼓手。在创作书写中,我体验到文学与时代步伐的紧密关系。我想让它成为讴歌奋进的号角,让它成为记录优秀者历程的文学盛宴。

周　勇

2018-03-30

铿锵人生

那必是最璀璨的一幕
他从山里来
她来到山中
她,他,还有他们的学生
用坚守和执着铸就爱的丰碑
那些无言的等待在心里汩汩流淌
那些夕阳下的拜访点燃信念之火
那一份承诺流出最美丽的花海
那些鼓励与脚步一起上路
你交给我誓言
我用热爱书写赞歌
在这个励精图治的时代
我们需要东方之子
需要传承楷模

你从山中来，带来兰花草

——记浙江锦绣·育才教育集团董事长郜晏中

好强，铁杵被他磨成针

出生在临安山区的郜晏中，父亲是个乡村教师，母亲是农民。从记事起，他就帮着家里干活。七八岁的姐姐用小凳子垫脚，在灶上烙饼、煮干菜汤，五六岁的郜晏中蹲在灶前烧火。烧火并不是件轻松的事，先要用八角刺、松针点燃毛柴引火，再小心地放上硬柴，被刺、被烟熏是常事。读小学前，上山捡一捆柴、割一篮猪草，成了他每天的"家庭作业"。每当路过山上的坟堆时，郜晏中都会惊恐地把柴刀紧紧握在手里。父亲这样的安排是有用意的，困难不仅磨炼了他的意志，也增强了他的好胜心。再长大一些，郜晏中就参加所有的劳作，上山打柴、下地种菜、进田种稻，样样农活他都能干，而且干得比别人好。

印象最深的要数割稻、插秧了，一天下来，他不仅腰酸背疼，指甲肉也翻上来了，锥心般疼痛。插秧时，水蚂蟥有筷子般粗，叮咬在大腿上不放，要吸足血才肯松口。

休息天，村里放映《佐罗》。父亲却逼着他干完活，没看成电影的他，恨父亲恨得咬牙切齿，很长时间不愿叫爸爸。

1988年，19岁的郜晏中子承父业，当上了临安横畈镇中心学校的一名教师。这位小学三年级就发表文章的文学爱好者,却成了一个与"12345"打交道的数学老师。当时他执教的班级,学生数学考试成绩可谓一塌糊涂,在全镇小学中被评为最差。为此,他被发配到"村小"教书。

"难道我真的不行吗?"他暗自问自己。

"从哪里跌倒就从哪里爬起来!"这是他一贯严肃的父亲抛给他的一句话。

一年后,他教的班级,学生数学考试成绩拿到了全镇第一。

1994年10月,远在临安乡小教书的郜晏中接到一纸电报:来杭一叙。发电报的人是西子实验学校校长、著名教育家李承龙。郜晏中很激动,他想,自己可以从此走出大山,来到风景优美的杭州一展身手了。

来到学校后,他才发现这所在建的学校坐落在山道上,以前是坟场和茶山,比之于家乡临安横畈镇的山梁,其实,也好不到哪儿去。掩饰不住内心的失望,郜晏中仍不死心,他想,既来之,则安之。

李承龙校长交给他的第一份"活"是管基建和接待。一个教书不服输的教师,一下子变成了包工头,他的心里着实凉了半截。

怎么办? 留还是走?

他的脑海里浮现出引荐他的宋老师,一位德高望重的特级教师,是宋老师对李校长说,他发现了一位可造的青年才俊。

他想起了应聘时的慷慨陈词,以及考核他时的两位西子实验学校创办人信任的目光。咬咬牙,他说,干。

工地上的民工多,每天的杂事也多,在太阳下汗流浃背的高个儿书生被晒成了瘦猴。忘不了那一次四百民工打架的事件,是他从中劝解,把这块烫手的山芋放冷。也忘不了学校买回的一百张草席,一夜之间被民工哄抢一空的情景,是他一一妥善处理。还有一次,周浦乡派出所将民工们的无证自行车收缴,是他阻止了一百多位民工准备砸抢派出所的闹剧发生。

与各种各样的建筑民工进行周旋,反而练就了郜晏中过人的胆识。其实当时的生活条件也苦,他住在农民家里,每个月领五百元的工资,还要付二百元食宿费。

开学了,年仅24岁、没有任何心理准备的郜晏中,被任命为副校长,开始管起了教学上的事情。他没有想到,这教学上的事情,竟也是如此考量人的耐心。

学校有个中层干部,资历比较老,见他年纪轻轻就当上了副校长,有点忌妒,就处处刁难他,欺负他从农村里来,又没有当过一天领导。开学第一周,老校长外出,这名干部说要开全体成员大会,讨论诸多事宜。郜晏中心里没底,又不知道大家服不服气,就请他主持会议,以便让自己学学如何开这种场面较大的业务会议。那位中层干部一口答应,可临到会议开始,却左等右等不见他的人影。郜晏中才明白这是那个中层干部故意让自己出洋相,幸亏郜晏中没有慌乱,经历过风雨的他,早已练成了一张铁嘴,布置工作,评价老师,分配任务,井井有条,步步到位。这场会议下来,老老少少、大大小小,无一不被他的临场反应所折服。而那个想捉弄他的中层干部,从此再也不敢要心眼了!

郜晏中此时凭着他的努力已小有成就。他指挥镇定,在民办学校的俗事杂务里形成雷厉风行的作风,赢得李校长在内的全校教职工的一致信任。那时他已主持教学和生活等日常工作,并被任命为常务副校长。

每逢礼拜六,他要送几百名学生去杭州市区,等家长来接。家长来不了,他得等。等不来怎么办,他得把他们重新带回学校。学校离杭州市区有25公里的路程,一来一去,回到西子实验学校,已夜色深沉。这个好强的汉子,拖着疲惫的身躯,躺在床上时,已累得合衣便进入梦乡。

这样的日子,一过就是六年。

2000年,全国的民办学校如疾风扫落叶,一家接一家关闭,今天开业,明天就关门的不在少数。

谁承想,三十而立的他,却离开了主持六年工作的西子实验学校,开始创业。至于原因,他归结为要施展拳脚。

当时他接手的杭州育才中学,只不过是一所面临倒闭的民办学校,当年招生,只有十个学生报名。

他忘不了那一次的招生,自己站在兄弟学校的门外,把摇号未中的学生家长,一个一个请来,一个一个保证,才凑足200多名学生。

没有房子怎么办?租!那时,学校租的是杭州小营小学分部的一幢小楼房。没有教师怎么办?请!他四处招聘教师,"东拼西凑",终于迎来16名老师,用别人的话说:老的太老了,年轻的又太嫩,这样的教师能上好课?

学校当时可以用"一穷二白"来形容。郜晏中从前任育才校长手里接过来的只是一块牌子,几张桌子,以及停招了两年的现实。十几个老师在一间教室里办公,200多名学生坐在只有一面向光的教室里,白天几乎都开着灯,夏天热得像个闷罐子似的。中学生和小学生共用一个厕所,下了课,得跑向二十米外的小学部去方便,女生慌兮兮地挨个儿排队等着。轮到自己进去时,这边上课铃已然敲响!

总务处和教务处的办公室并在一间屋子里。校长的办公室在三楼的一个小房间,只有一台电风扇。地板是粗砖头铺的,一踩一层灰。

这里的条件差到用一间大教室作为办公室,并在里面开会。

尽管如此,他和16名教师,从这里起步,在一亩地的校园里,一步一个脚印,开始了艰难的跋涉。

条件差,老师不愿意来,郜晏中就请兄弟学校支援,育华的赵校长给他分来几个年轻人,有一个教数学的男老师干了两个月就走了,数学老师告急。那时学校快开学了,郜晏中为此寝食难安。

郜晏中四处打听,了解到一位刚退休的姓王的数学老师。他马上给她打电话:"王老师,我是育才校长郜晏中,我们想请您来这里教书,您考虑一下,我开车来接您。"王美蓉老师颇感意外地说:"没关系,我自己骑车能去的。"

没想到,第二天他真的开车来接她了。郜晏中带着王老师在简陋的房子边转了一圈又一圈。他仔细地介绍了学校的办学情况,没有掩饰困难,他说寄人篱下的日子就是这样,民办学校都蛮难的。

王老师被他的话打动,她答应留下来。

王老师的老公和子女都不支持她继续教书。她儿媳妇已怀孕,希望婆婆能帮她带孩子。王老师的老公是大学教师,他们并不缺钱。可是,郜校长的坦诚和焦急,还是让她下决心,到育才来帮忙。

郜晏中用他的那辆旧车把王美蓉老师送回了家。

刚解决了数学老师的难题,没想到这边的语文又出了事故。刚接手的新老师小吴上课总不能让学生满意,甚至有些家长也自发跑来监督听课。郜晏中索性陪小吴老师一起上课,课内课外,一招一式教这个小姑娘。几节课下来,小吴老师进步非常快,才算平息了这场"风波"。

就这样,艰苦的日子都凭着他那股好强的韧劲熬了过来。

惜才，举贤若渴

徐李勇，数学教师，现于锦绣中学工作。徐李勇原是康桥中学教务主任，他清楚地记得郜晏中将他请来时说的一番话：你来这里，我会给你创造大展身手的机会。

作为杭州市数学名师，徐李勇独特的教学之法很快扭转了2006届初三(2)班的教学劣势。

徐李勇先是担任初三(2)班的数学教师兼班主任，一年后，该班数学中考成绩以均分106.8分跃居年级第一，杭州市第一。

2006年7月，徐李勇被任命为锦绣中学教务副主任。在徐李勇看来，郜校长给了他施展才华的平台，徐李勇的数学教育经验也在学校得到推广。

如果说，徐李勇是找到了自己成长的平台，另一名教师陈雄杰则是被推举为讲效率名师。

郜晏中设了一个效率奖，把它颁发给了两位教师，一位是数学教师陈雄杰，一位是生物教师黄寿旭。这两位教师都是他从公办学校挖来的。

陈雄杰来自杭州市一所公办中学，被分配到锦绣担任数学教研组组长之后，他富有生机的教学方法颇受学生和家长拥戴。郜晏中引用家长的评价说，这位教师的课堂感挺好，一上课就进入其中，因此小孩子都喜欢他的课。另外，他的课业负担轻，作业少，为孩子及家长所推崇。

黄寿旭来自温州一所学校，担任过副校长。他上课务实，经验足，课堂生动，郜晏中欣赏他踏实的教学风格。

"你生物教得好，化学肯定也能行。"郜晏中抛给黄寿旭一句话。

于是，黄寿旭摇身一变，改行教化学。到第二学期期中考试，他的一个班化学成绩拿到了校级第一，领先于差的班级二十多分。

在郜晏中眼里，人才是兴校之本。他四处物色教学能力强的教师，为他们解决挂靠问题、编制问题、工资浮动问题，并对他们委以重任。他心里下了一盘棋，一个"名师栽培"工程，一个"人才扶持"工程，这让他培养、笼络了不少教师。

数学教师余刚对此颇有感触，校长先给他压担子，又让他拜数学老师里的长辈为师。在杭州育才中学，所有的年轻教师都要拜师，每年有一次拜师活动。余刚拜徐李勇、项霆等为师后，任教班级的数学成绩有了明显进步，第二学期，任教班级的数学成绩已在年级中遥遥领先。

郜晏中认为，杭州育才中学，不光培养了学生，也培养了教师，造就了教师。他要为人才培育一块沃土，真正实现人才唯我所用的教育战略目标。

感恩，报得三春晖

修身之本当为礼，齐家之要当为孝。郜晏中把朱子的这句话记在了心里。他从没有忘记第一届招生的难处，对于曾经帮助过杭州育才中学的两位老校长蒋思贤、赵绍谦，他总是在每期的休业仪式上特意请他们来相聚，请他们讲话。在每一次晚宴上，他总是说，杭州育才中学有今天，离不开两位老校长的付出和辛劳。

退休老师付老师、校医周医生一谈起郜晏中，总是赞不绝口："这个年轻人懂礼数。"逢年过节，凡是在职老师有的礼品，他们一样不少。陈荷卿老师七十多岁才退休，是杭州育才中学的元老。她每次来学校，就会说："学校发展得真好啊，我还想再来教书。我要来看看校长,看看大家。"

每一次教师活动,郜晏中一定要邀请退休教师参加。他说,除非走不动,否则一定要请他们来,育才感谢他们,在关键时候,退休教师都帮了忙的。

郜晏中没忘记给各位老师拜年,他说:"又一年即将过去,感谢大家努力,感谢同行们对我的大力支持,有了你们的辛勤工作,才有育才今天的成绩。"

每逢重阳节,郜晏中总想着为老教师们送点礼,三八妇女节,他要亲自为女教师们送上鲜花,以感谢她们的辛勤付出。老教师汤昊开玩笑说:"校长回家,一定要给夫人送999朵红玫瑰吧。"

郜晏中的父亲是个小学校长,对他要求很严厉。小时候,郜晏中考不好时就会受到父亲的责罚,但若没有父亲的严格要求,哪有他后来的出类拔萃呢? 而母亲的慈爱则让他养成了他关怀别人、尊重长辈的好习惯。

凡为人之子,冬温而夏清,昏定而晨省。郜晏中把父母接到杭州来安度晚年。每逢父母生日,他总是和在杭州工作的姐姐一起为父母办一个体体面面的生日宴会。家里,郜晏中是一个好丈夫,他不仅烧得一手好菜,经常爱露一手,有空的时候,他还会主动做家务。他给自己的菜取了很多好听的名字,甲鱼叫阿甲克斯,荷包蛋上放一张生菜叶,他说,这叫阳光下的沙滩。

吃饭前,他让儿子给大人端饭,这个习惯来自小时候他父亲的教育;每逢过节,他到临安乡下外婆家拜望外婆;丈母娘生病了,他再忙,也一定要去医院探望。

郜晏中有自己的处世哲学:学会感恩。

感谢朋友,是他们帮了自己,所以要记住他们的扶持。

感谢老师,是他们让自己有了今天,所以要记住他们的严苛。

感谢父母,是他们养育了自己和兄弟姐妹,所以要记住孝悌之义。为老人折枝,是不为也,非不能也。庄子早已告诉了我们这个道理。

感谢同仁,是他们让学校有了光彩,所以要记住只有大家一齐努力,才会有一个和谐安定的大"家庭"。

2006年10月,郜晏中和妻子特地去参加一个婚礼,他在西子实验学校时有一个民工阿姨,住在姚家坞,民工阿姨的女儿结婚请他去喝喜酒。郜晏中送上了一份礼物,以感谢当年在那儿民工阿姨对自己的照顾。

2018年春节团拜会,郜晏中一次次向各位同仁举起手中的酒杯,充满感激地说:"同事们,老吾老,以及人之老,幼吾幼,以及人之幼。有空多打打电话,过年记得回家,看看父母吧。"

自信,平生我自知

"要拿第一",这是郜晏中的一句口头禅。2003年,杭州育才中学首届毕业生参加中考,以优异成绩在各项指标中夺得杭州第一名,成为杭州媒体争相追逐报道的黑马。

当别的学校抱怨生源基础不好,差生太多时,他却说,没有教不好的学生。

当别的老师在抱怨,学生行为习惯不好,难以扭转时,他第一个站出来说,坚持和耐心能战胜一切。

当家长抱怨自己的孩子学不好时,他说,让我们来教,育才人能削平一座座高山。

2003届学生是最难教的一届,仅初三(1)班就有一批难弄的学生。当时,班主任曾卫虎被折磨得焦头烂额。郜晏中决定帮助曾老师拔拔刺。

周涛是个出名的刺儿头，上自修课逃学，经常躲在厕所里不出来，或者跑到食堂里下象棋。班里捣乱的事他都有份，而且他常跟老师叫板，不肯完成作业。

郜晏中把周涛叫到办公室，晓以利害，规劝训斥，动之以情，使出浑身解数，容不得他不妥协。后来这孩子考上了杭二中。

类似的"问题学生"，初三(1)班还有好几个：毛玉铭——非常喜欢踢足球，上课从来都不认真听；王志龙——捣蛋贪玩，上课爱说话；余凌峰——作业不肯交，不爱学习……这些孩子后来有的考上了杭高，王志龙高考时还考上了清华大学。

这些孩子，当初在家长眼里是"靠不住"的，在老师眼里是"钉子"，郜晏中就凭着一股子拧劲，硬是帮着班主任，把他们通通修成了正果。他对付他们的办法是从头抓起，先剃"育才头"，犯错不客气，严厉处罚。每月一次年级会，他既表演才艺，又及时做思想总结，让学生们服他，又敢跟他亲近。

"我们要办一流的名校""我们要考杭州市第一"，凭着不服输的豪气，郜晏中成功地将第一批难以驯服的育才学生，培养成杭州的优秀毕业生。

办学不易，当年那个怀揣梦想来杭州发展的24岁小青年，成为今天卓有成效的锦绣、育才中学校长，他走的是一条"舍得一身剐，敢把皇帝拉下马"的胆识之路。

自信，成就了他。

王夫之说："不自信而人孰信之？"

这就是郜晏中的风格，一个敢作敢为的人，一个实心的人，一个从容的人。

实干:天下事,为之,则难者亦易

在杭州育才中学,有一个八字校训:"样样落实,天天坚持。"

不少记者来采访:"校长,育才的成功有没有什么诀窍?"

"实干。"郜晏中如是说。

是的,实干是基础。学校创办至今,他坚持站岗——每天早上6点30分准时到校,迎接学生。下雨时,他就站在传达室旁边。他的目的是问问学生,校徽有没有戴,早饭有没有吃。他关心每一个学生,熟悉到能叫出全校每一个班每一个孩子的名字。

说干就干,是郜晏中的办事风格。2006年底,杭州育才中学初三在期末联考中遭遇了科学成绩排名倒数第一的惨败。

郜晏中马上召开了科学教学质量分析会。在会上,他听取科学组任课老师的意见,增加科学的课时量,让初二的老师来助阵,一人带一班,一声令下,十几号人的强大阵容将培优、补缺班迅速开展起来。郜晏中还特地将2007年聘用的外地物理、化学老师提前请来,直接带毕业班。这样,教师们群策群力、大显神通,在2007年第一次联考中迅速恢复到预期目标,确立了领先优势。

2011年出版的《八年磨一剑》中,郜晏中是这样评价杭州育才中学"实干"的办学思路的:

其一,先打牌子,后造房子。民办学校大都举步艰难,几个教学周期下来,极大地降低了学校在家长心目中的信誉度。狠抓风气,精抓质量。小成本、大规模、不铺开招生,随着杭州育才中学一年又一年中考的辉煌成绩,其社会附加值得到了很大的提升。2003年到2005年,杭州拱墅区政府先后两次撤并学校,将两座校舍划拨给育才中学使用,使得办学者得以集中精力、狠抓质量,全力以赴地为广大师生、家长服务。

其二，招生宁缺毋滥。当年招生，学校调整了策略：凡满足杭外推荐生，五、六年级区级三好学生，四、五、六年级两届校三好学生，华杯赛三等奖以上获得者其中一项者，直接报名录取。这样学校吸引了一批优秀生源。学校还承诺哪怕招10人也开班，家长便放心了。后来的电脑派位招生，机动名额只要符合以上条件，均不多收一分钱赞助费，这体现了学校重生源、质量之"实"的要求。

其三，管理上，杭州育才中学的做法是"样样落实，天天坚持"。郜晏中这样总结他的"实干"细节：7年风雨无阻，没有耽搁一天上班；每月召开十几个质量分析会，从不缺席；尽可能多地和学生在一起，用心记住他们的名字，尽量做到每个学生都认识。

老师们辅导、补缺，个个落实，人人抢先；三伏酷暑家访，从无怨言。在杭州育才中学，学生们没有适时突击，没有临阵磨枪，天天一个样，三年如一日。

"莫以事小而不为，莫以事烦而不为。"这是常挂在郜晏中嘴上的一句话。

说到做到，效率才是发展的生命线，基于这样的考虑，他提出了三个要求。

他要求每一个学生：不说一句脏话！

他要求每一位教师：坚持上好每一堂课！

他要求每一次招生：不收取一分额外的赞助费！

杭州育才中学就是这样，男生一律剃平头，这样最本分，女生一律不染发，这样最省时！

杭州育才中学的学生就是不一样，上课认真听讲，平时多想多问，成绩最能说明问题，规范就是最好的德育口碑。这些只因为这一切的后面,有一个实实在在讲求效率的校长——郜晏中。

正直:横眉冷对千夫指

在西子实验学校工作的岁月里,有两件事一直萦绕在郜晏中心头。回想起来,郜晏中觉得这似乎是他耿直个性的最好注脚。

西子实验学校有一个老师想向学校借一张床,向郜校长提出,郜校长答应了。这个老师去总务处拿,总务处主任是董事会安排过来的,根本不买账。这个老师只好回来找他。

郜晏中一听,这是什么人呢,还摆臭架子,也不看是什么事。他站起来,对那位老师说:"我跟你去找他。"来到总务处,他一拳把办公桌砸了个洞,并且说:"你怎么这么干,你知道这是学校的事情吗,你分得清是非吗?"

总务主任愣了,过了很久,他才说了一句:"你砸坏我桌子了。"

郜晏中说:"砸坏桌子,我赔!"

如果说这件事还只是一个由头,另一件事则很不一般。

时任校长有一个堂兄,当时在学校做出纳,这个人品行不好,他的老婆在西子实验学校做生活老师。他经常让人送油、盐、酱、醋等到自己寝室里去。每次报销伙食费,他总是从中拿一些。当时确实有人怕他,也不敢声张。

后来,学校开了董事会,有人因惧于他是校长的亲戚,提名让他做了财务主任,他更加肆无忌惮,开中层会时竟然打起呼噜,而校长是个要面子、讲交情的人,也就没有把他怎样。

郜晏中却敢捋虎须,他第一个站出来,向董事会提意见,最后董事会罢免了这个财务主任。

从这两件事里,我们可以看出一个人的胸襟,在日常生活中,能不惧权势又疾恶如仇的人本也不少,但能做到像郤晏中那样的凛然正气、敢说敢做,在芸芸众生里并不多。

似竹,挺拔而有节,做人,当如郤晏中。

孔子说:"为政以德,譬如北辰,居其所而众星共之。"

郤晏中明白,学校的声名在于信誉,口碑是德。正直与无私,是做人之德,亦是立校之本。

有一个家长曾放言:"让我儿子进育才中学,我给你们捐二十万。"郤晏中笑着拒绝了。他说,育才中学从来不受非分之礼。

为此,他在例会上多次强调,凡我校员工,禁止以一切借口收受家长赠礼,否则,视为违纪。

曾经有一届考上了重高的学生的家长们,集体送了一块匾额,上书:鹏程万里。

这是郤晏中唯一一次破例收下的礼。这里面,饱含着家长们对学校的信赖、激励。这个从临安乡下出来打拼事业的年轻人知道,邦有道,不废。

创新,不如登高之博见也

郤晏中有一句口头禅:每天有个新花样。在育才中学,创新是主旋律。

虽然校训上写着"样样落实,天天坚持",但这其实与创新的举措并不矛盾。

针对一部分孩子"吃不饱"的现状,2006年下半年,郤晏中制订了走班制。就是让接受能力强的孩子可以跨班上课,选科上课。这样,初一有孩子去听初二的课,不愿听语文的孩子,可以听数学或英语。

走班制实施后,一部分起点高的孩子感觉很棒,他们认为这样可以使他们有更多的时间去发展兴趣。

其次是免作业。好多学校往往有个缺点,就是作业太多,这无形中给孩子增加了作业压力。郜晏中想出了一个办法,允许成绩好的同学不做该科作业。比如初一(1)班李诗云语文拔尖,她可不做语文作业。这样,李诗云有更多时间去做别的事情。实际上,这可以为一部分孩子减负。为了真正达到减负,郜晏中还下了一道"军令",每位老师最多布置半小时的课外作业量,以此为限,不得超标。否则,点名批评。若不改,视为事故处理。此令一下,孩子们轻松多了,晚上也有了多余时间去看课外书,修养身心。

郜晏中使出了第三招,大胆启用副科人才,比如让体育老师当班主任。这件事情后来上了《体坛报》。这个当班主任的老师叫顾少鹏。小顾老师年轻,但已参加工作三年了,做年级组长很出色。让他当班主任,也因为他时间多,副科教师与学生的误会更少,这样可以减少学生与老师的隔阂。

事实证明,这一招非常管用,顾少鹏是个负责的老师。抓语文,他想出个速记比赛的点子,抓数学,他从抓纠错本开始。对于学生的管理,他使出了陪学生上课的狠招。学生一见,全服了,这位老师果然出手不凡。学生章珂说:"顾老师骂我,是为我好。我生病后,顾老师又打电话又来医院看我,我才知道他是真正为我好。"

在教师的管理上,郜晏中规定,每个中青年教师,每学期上一堂公开课,目的是让他们提高教学水平。在评定优质课时,更注重创新,更关注教师的教学个性。他认为,一个有激情的教师,才会是一个合格的教师。

在教学管理上,郜晏中出台了一系列的变革措施。比如开会总结时表演节目,让年轻老师出新招。开例会时,让各中层干部汇报,年级会与例会交叉进行。他实行班长、学习委员手册制,质量分析会较真务实。考试时他错位安排、成立家长服务中心、新生家长会、初小衔接讲座等。

郜晏中充分发挥他擅长演讲的优势,往往一场报告做下来,身边家长早已将他围得水泄不通,颇有"明星"效应,场面蔚为壮观。

为了学校的发展策略,郜晏中先是读完硕士课程,又向武汉大学教育管理博士学位课程奋进。他认为,思想更新,才是根本。所以,他给了自己又一个"洗脑"机会。他甚至将自己的博士学位论文定为《探讨育才中学的德育模式》。

通古今之变,立一家之言。司马迁写《史记》源于通变。在郜晏中眼里,创新就是生命线,是育才中学作为一所名校发展的方向。

荀子说过:吾尝跂而望矣,不如登高之博见也。也许,只有站得比别人高,才能有长远的眼光与胸襟,才能使处于竞争中的民办学校在艰难的形势下,走向求生求存的希望之途。

贝弗里奇有言:只有创新才能推动历史的前进。

郜晏中用他的指挥棒指引着育才人。"每天想一个新点子,"他说,"这也是育才的特色。"

魅力,源于真性情

在我们面前的郜晏中,身高1.75米,剃着标准的板寸头,高高的鼻梁上架着一副八角形眼镜。他眼神专注,透着一种睿智的光焰,给人以不怒而威的感觉。

其实生活中的他,爱唱、爱跳、爱开玩笑。每一次外出旅游,郜晏中总是让几个年轻人搞节目。他让顾少鹏和余刚当主持人,并进行比拼,让方珊和李娜飙歌,现场往往是一路旅行,一路高歌。2007年教师节前后那两天,去仙华山旅游,他自己干脆当了一回主持人,先来一段民族唱法,又换了一口通俗腔调,学了几句男声,又唱了几句女声。他放话说:"我是古今中外样样皆通,谁来跟我比比?"

座位上的年轻人按捺不住了,马上有人上来抢话筒,于是,这三个小时的车程变成了一场小型歌会和小品表演会。

郜晏中还有个爱锻炼的习惯。他每天坚持跑操场十二圈,打半小时篮球。三十七岁仍不服输,在操场上的他,喜欢跟学生和年轻老师比拼。有一次,为了抢球,他被学生盖了帽,眼镜也摔坏了,趾甲也踩破了,踝关节脱了臼。休养了一个多月还没痊愈,他便嚷嚷着上场。可这回没人由着他,他只好乖乖站在场边当啦啦队领头了。

学生可高兴了,在他面前丝毫不觉得拘束。有一回一个学生上课迟到,被班主任老师抓住,学生振振有词地狡辩:"我陪郜校长打球去了!"

在家里,郜晏中关心家人,常常帮助妻子解决公司里的问题,不管怎么忙,他一定会参加儿子的家长会。有一回,他还碰上幼儿园老师批评家长不够关心孩子。在学校大会上郜晏中借题发挥,他说:"自己当了回家长,才知道家长的不容易。"说到这里,郜晏中的眼圈红了,声音显得异常沉重。"没有家长支持,哪有学校的今天。"他说。

郜晏中喜欢读书,从中师读到现在的博士。他规定每周日下午为家庭读书日,每个人都要看书,书橱里放着各种书籍,军事的、摄影的,甚至珠宝鉴赏的,为的是扩大知识面。他还自己编书、写书,2007年,他编撰的《八年磨一剑》《浙江民办基础高等教育发展战略》由出版社正式出版。他说,读书使其变得丰富充实。

在学校,他鼓励教师经常进修充电,提高自身修养。有一次,他一口气给每位教师购买必读书8册,内容有怎样提高学识修为的,有如何做学生心理疏导的,有如何提高课堂和学习效率的,还说,以后还会送给教师更多的书来读。

他还对学生说:"读书时,刻苦地读书;运动时,投入地运动;休闲时,放松地休息,这样的人生是精彩的。"

初一学生黄冰豪说,他站在那儿,天天看着我们,样子很严厉,但他问话的口气很和蔼。

初二学生岳凌雪说,校长很帅,有点像演唱《青苹果乐园》的吴奇隆。

初三学生郑宇斐说,他绝对是杀手级男模。

奉献,似春蚕吐丝结茧

2004年,郜晏中获得浙江省第十七届"春蚕"奖。春蚕,吐丝结茧,把这个荣誉给郜晏中,他当之无愧。

出身于农家的郜晏中,在抓好杭州育才中学,求图发展的同时,还一心热衷于支持贫困山区的教育事业。在杭州育才中学不富裕、还要创办小学的困难条件下,他先后拨款25万元投资兴建了两所希望小学。

2005年9月8日,郜晏中捐建德市姚村乡中心学校,这所学校位于建德市贫困山区。创建之初,学校几乎是"三无":无完整厕所、无标准球场、无阅览室。2005年8月份,郜校长捐赠了两万余元的教学设备。2005年9月份,名为"绍谦"的希望小学落成,乡下小学有了属于自己的新校舍,办学条件有了新的变化。

郜晏中还支持学校的后续发展,除了送课桌、送校服,还支持学校建立一个蔬菜基地,帮助当地解决实际困难。

2006年3月,郜晏中再次捐资25万元,在建德市大州乡援建了第二所希望小学,取名为思贤希望小学。这所1980年建造的小学,办学条件一直很简陋,教室设备不齐,房屋老化,2002年的时候只有六个年级。学校的生源来自六个村,离校最远的孩子要走二十公里来上学。学校办学条件不好,教师请不来。学校坐落在靠山临池的地方,旁边有一个劳动教育基地,属学校的资产。郜校长捐献资金到位后,学校扩大了办学规模,办学条件得到了改善,为下涯创建省级教育强镇奠定了坚实的基础。

2007年3月15日,郜校长又决定在临安藻溪镇援建第三所希望小学,这所学校后来被命名为"李承龙希望小学"。他在全校员工会上宣布,在学校经费紧张的条件下,自己将每年援建一所希望学校,至今已捐12所学校,尽自己最大的努力帮助现在还读不起书的孩子。

2018年,郜晏中一直走在播撒爱与希望的路上,坚持、低调、踏实、不张扬。

郜晏中,1970年出生,中国致公党成员,研究生学历,武汉大学博士,杭州锦绣中学、育才中学校长,杭州东南中学、锦绣·育才中学附属学校校长,锦绣·育才中学附属小学校长,杭州市拱墅区政协常委,浙江省青联委员,浙江省优秀教师,浙江省民办教育协会副会长,中国民办教育协会副会长,中国民办教育协会理事。2004年,郜晏中获浙江省第十七届"春蚕"奖,2006年获浙江省希望工程贡献奖,2007年5月被授予五四青年奖章,2009年当选第十届浙江省十大杰出青年。2018年,郜晏中创办的浙江锦绣·育才教育集团已经完成丽水、遂昌布局,育才系列学校达15所,真正成为"中国民办教育的一面旗帜"。

该文获《中国作家》金秋之旅全国报告文学征文铜奖,入选作家出版社《月光下的迁徙》一书,《浙江文坛》(2009)专文评价。

灿若芳菲

她选择去最穷困的湘西凤凰县教书

让我们简单回顾一下王若芳老师的教学历程:1968年12月,她在湖南师大毕业后被分配到凤凰县木江坪劳动锻炼八个月,1969年8月被分配到腊尔山镇凤凰二中教书,一年半以后也就是1971年被调往凤凰三中,在凤凰三中待了6年半,1977年调往凤凰师范分校(今凤凰一中),待了8年,1985年调往凤凰一中(今凤凰高级中学)执教,直到1999年光荣退休。退休后,王老师曾在广东以及本地民办学校兼职过一段时间。

大学毕业后,按"照顾关系就不照顾地方"的原则,王老师和恋人毛老师被分配到湘西。哪知一到凤凰,看到马路两边都是茅草房,王老师和几个同学大发感慨:"哦,凤凰那么差呀。"另一个被分配到这里的男同学当场就哭了。时隔好多年,王老师仍颇有感触,那儿经济落后,教育也不怎么好,这一点是肯定的。

就这样,王老师和恋人毛老师开始在乡下劳动锻炼,在木江坪一个生产队从事生产劳动。那是1968年底,第二年县教育组负责分配,给了她两个选择,一个是去腊尔山,一个是去凤凰三中。当时有人说,分到腊尔山,女同志调下来容易一点,男同志就难调动,因为腊尔山是苗族聚居地,海拔高,被戏称为凤凰的西伯利亚。于是,王老师要求去腊尔山。一年半后,她接到调令,被调往凤凰三中。

在20世纪七八十年代,外地教师、医生工作调动比较频繁。说实话王老师一心想调走,因为亲人都在昆明工作。她先后联系了多所外地学校,如昆明多所中学、湖南长沙的一些学校、株洲工业学校、湘潭一中等。但是凤凰教育局不肯放人,他们知道,这些外地优秀教师是宝贝。吴桂珍是当时管教育的副县长,王老师去找过她,吴副县长说:"你们教得这么好,说什么也不行。"王老师说那我就不干工作,吴县长笑着说:"那我就养着你。"有同事劝她,那就不认真干活,死赖着,王老师觉得自己不能这样做,等到开学,王老师还是一心扑到学生身上。在她心目中,孩子们都是自己的儿女。她的认真、爱心、负责得到了学生、家长以及社会的认可。

为了自己孩子的前途,王老师还是想调去长沙或者昆明。她曾去找过当时的副州长龙文玉,龙文玉说:"要么你调到州民中来,要么你调回桃源一中,你不能调到别的地方去。"王老师犹豫了,州民中偏僻,交通不便,买个菜什么的都不容易;桃源一中不想去,还不如留在凤凰一中呢。最后王若芳还是决定扑在凤凰的教育事业上。她知道,自己只要和学生在一起,就能找到属于自己的青春与快乐。

1999年王老师光荣退休。在她任教的30年里,不管是做专任教师教书,还是做班主任,她都用自己一颗热爱教育的红心创造了教育神话,赢得了荣誉和学生的信任。

因为她挚爱教育。

她有办法让学生爱上英语

王若芳从教的经历其实蛮复杂的。"文革"后期,她教英语的课时少,主要抓学校宣传,那时候学校组织师生演《沙家浜》《红灯记》《杜鹃山》等,她非常认真地组织师生们排演,三中师生的文艺会演经常在县里拿第一。到了1972年,才正式有了英语教学,那时候高中还是两年制的,她一口气教了4个班的英语。当时有领导找她,问:"工作是否太累?"她说:"没事,我可以的。"这样一带就是两年多。在王老师看来,工作着是一种幸福,把工作当成享受,那就等于找到了快乐的源头。

当时凤凰二中的同事杨启富老师说过,听王妹子上课就是一种享受。学生评价王老师的课很有魅力,估计跟她上课方式有关。她喜欢多用肢体语言,比如上课时爱做动作,使用眼神变化,表现有时候非常夸张。老师把课上得生动充实,学生自然也就喜欢。

王老师善于把控课堂,调动学生情绪。回忆起在腊尔山教书时的经历,王老师说了一件事:她教苗族学生字母"L、M、N"时,苗话里这几个字母有骂人的意思。她一教,学生们就笑。王老师说,英语有英语的读法,苗语有苗语的特点,这没什么好笑的。后来,学生和王老师成了好朋友,跟她一起上街买菜,一起去洗衣服。

王老师擅长在情景中实施教育,有时候会排一些情景剧,让学生一边说英语一边表演。英语是一门语言课,语言的教育当然是在听说读写上。为此,王老师在这些环节上大加训练。所以,每逢班级晚会、学校文艺会演,王老师便充分利用这种机会,训练一批喜欢英语的学生成为骨干。同时,这些学生也成了她的忠实粉丝,一直追随她,以至于报考英语专业的人很多。笔者当时就读的班里,考上吉首大学英语系的人就有五六个,还有的在其他行业继续学习和应用英语。比如有些同学在旅游行业工作,英语发挥了很大的作用。

正因为她出色的工作能力,王若芳在凤凰一中工作的14年里,

几乎年年被评为县优秀教育工作者或者立功人员。1991年她被评为
湘西自治州优秀党员,出席了州党代会,并代表教育战线3000名教
职工在县党代会上发言。她也是县教育战线唯一分别出席第六届、
第七届党代会的主席团成员,与县领导讨论凤凰县教育的教育工
作者。

管理就是用一颗心去关爱每一个学生

王老师对每一个学生都给予无私的关爱。不管学生家庭背景如
何,成绩是好还是差,王老师都一视同仁。她擅长做思想工作,经常
找学生谈心,帮助他们进步。她帮助后进生克服自卑感,树立自信
心,让他们第一时间恢复状态。若学生生病,她会组织全班学生去这
个学生家里探望。学生家里有困难,她会带头捐款、捐粮票。她总是
第一时间去找民委民政为学生申请救济款。

1988年,一个高三学生龙某某,因为父亲得胃病多年,治病时把
家里的钱花光了,病情一点也没有见好。眼看就要高考了,龙某某去
找王老师说想休学,王老师不同意他休学,出面为他在学校找了一间
房子,并送给他煤炉、锅子、碗筷、柴火、米等,让他一边上学备考,一
边照顾父亲。王若芳一面组织班里同学捐款,一面向学校上报,要求
给予龙某某助学金,还去了县民委申请救济款,终于让龙某某得以安
心读书,顺利完成高考。后来龙某某考上了中央民族大学,现在州党
校担任副校长。

凤凰二中和凤凰一中高中部合并以后,王若芳来到了一中,担任
80班班主任,也就是教笔者这一届学生。王老师对我们这帮来自乡
下的孩子特别上心,也特别关照我们,大概是因为她自己有过多年乡
下教书的经历。王老师经常来检查寝室卫生,指出我们寝室脏乱差

的现状，要寝室长及时处理，叮嘱我们要将裤子、袜子及时洗干净。她还问起家在茨岩的同学，什么时候农忙、什么时候插秧、家里成员情况如何等。

记得高三预考时，由于我成绩比较优秀，被王老师叫去谈话。她说学校决定推荐我去报考吉首大学中文系，让我准备面试。实际上，需要照顾的人很多。但是她知道我是乡下孩子，家里十分困难，如果能得到保送名额，岂不是天大的喜事？我能感觉到王老师对我的那份关心。她说："你成绩好，读书勤奋，推荐你去是应该的。"王老师说话时，用一只手抚摸着我的额头，她把这颗慈爱的心完全给了学生。

带完我们这届，王老师本来想轻松一点，从高一教起。可是1989年，新一届高三84班来了。时任校长的刘隆中发现84班的班主任很不负责任，爱打麻将，虽然教学还可以，但是班级已经被他管得混乱不堪。刘隆中很着急，就让王老师临危受命，接任这个班班主任一职。王老师当时已经负责文科复读班和理科复读班的英语教学，很多学生已经很喜欢她的上课理念了。但王老师还是接手做了84班班主任。同时，她也放弃了理科复读班的英语教学。王老师接手后，仅用了一个礼拜的时间就让班级风貌有了改观。

108班有个学生叫左宇帆，现在是企业家。当时他的妈妈跟王老师说："王老师你不要我小孩，我赖都要赖到你班上。"左宇帆的爸爸当时是县委宣传部部长，学校同意照顾，便把他分到王老师班上。当时王老师找左宇帆谈话，说："既然你到我们班上来，你爸妈都是搞宣传教育的，也是我的好朋友，你就要争气，好好学习，要求进步，做个好学生。"左宇帆点点头。王老师又说："我相信你，听说原来你很调皮。我们班的同学读书都很认真，你只要努力学好，大家就会认可你的。"后来，左宇帆有了蜕变，高考时考上了湖南师范大学外语系。

王老师教的最后一届——1999年毕业这届,有一个叫梁圣杰的学生,非常调皮,还受过处分。王老师做了一个别人难以理解的决定,让梁圣杰当班长。梁圣杰是当时校长的亲戚,分到王老师班上后,因为这样的管理手段,他逐渐变优秀,并且考上了大学,分配到深圳工作。

她退休以后也不忘发挥余热

准确地说,1999年4月,王老师退休了。1999年5月,校长来到王老师办公室,想要挽留王老师。王老师说:"你不要留我。我在凤凰干了一辈子,贡献了一辈子,现在退休了,我就是想出外挣点钱。"那个年代,工资不高。那时候当年级组长、教研组长,包括管理晚自修,给学生补课,一分钱都没有。校长听王老师这么说,也就不好意思再挽留了。

其实王老师存了一点私心,她要挣点钱备用(当时,她手上只有一万多块钱)。两个儿子都大了,万一要用钱,多少能帮一下。这一年四月份,有一个吉首大学毕业的学生,想要到广州找工作,因为他哥哥在广州火车站那边工作。这位学生主动找到王老师说:"您退休,对国家、对学生、对您自己都是一大损失。王老师,您不如把资料给我,我帮您去那边找一些学校问问。"王老师说:"可以,我退休后想找一份能赚钱的工作。"就这样,到了六月份,凤凰某校长来找王老师商量返聘,然而王老师早已和广州的华南师范大学附属康大学校联系好了。这所民办学校校长从四月到七月中旬,一直打王老师的电话。王老师说:"现在不能来,要给学生填档案、估分、填志愿。"直到7月15号,她才全部做完,上了火车。王老师在广州干了好几年,她的认真负责得到了学生和领导的认可。

2014年暑假,刚从广州回来,王老师就加入了一个有影响力的群众组织"夕阳红",和他们一起打拳跳舞。王老师编了一个斗牛舞,这个舞蹈参加广场舞比赛获得了第一名。2012年学运会在凤凰召开,县阳戏剧团排练一台节目,要增加一个广场舞,她们的节目被选上了。王老师带着120人的广场舞队参加演出,在当时可谓盛况空前。

那一段时间基本上处于空闲状态,王老师便做点家教。2014年,有几个学外语的学生想提升一下外语素质,搞一个外语协会。其中有一个叫张盛贵的,在廖家桥中学当副校长,提议由王老师当会长。因为大部分都是自己的学生,王老师欣然接受了这个请求。

2014年开始,外语协会开展活动。同年12月26日,为了庆祝外语协会成立,有人组织童话剧表演。在凤凰做生意的外国人保罗夫妻也表演了节目,另外一个会员和一个意大利外国友人表演了《我的太阳》。那天,副县长因有事请了一个挂职副县长过来,那个挂职副县长是北方人,年轻,又会英语。王老师说,那天自己讲话,用中英两种语言,所有的节目,既有英文,也有中文。活动圆满成功,大家一起吃中餐庆祝,王老师觉得既充实又快乐。

除了这些活动外,王老师还给会员们上了几堂课,同时这些协会骨干会员也给古城社区居民上了课。

到了2017年,王老师选了凤凰古城十五个景点,又选了中心组十个人,每人写一两个景点的中英文介绍,如虹桥、沱江泛舟、熊希龄故居等。为了写这十五个景点的中英文介绍,他们先去旅游局去要中英文稿子,结果发现根本不行,中文冗长,就像是在搞研究似的。分工后,王老师自己整理了三个景区的中英文介绍。她决定缩小范围,由自己和副会长田馥境、研究员吴凤梅、刘慧英一起整理。四个人把所有景点介绍、欢迎词、欢送词全部写好了。她们在教研室反复研究修改,定稿后,副会长田馥境还将其制成了宣传小册子。

2017年7月18日,有个公安局的干警打电话过来,说想要凤凰景点的宣传资料,因为旅游局的人推荐说外语协会的资料更全面更准确。当时副会长身体不好,王老师就决定亲自去送资料。哪知道,这一次出了意外。

王老师被一辆自驾车撞了。所幸自驾车车主态度不错,主动送她去县医院拍片子。在县医院检查时,当时王老师没感觉有什么不适,就让车主离开了。到了晚上,王老师的脚肿得比面包还要厚,痛得连厕所都去不了。王老师因此躺在床上好几个月,花了好几万费用治疗,而那个肇事的人只给了1000块钱。

即便出了这样的意外,自己还垫了一些医药费,但王老师依然不后悔。她依然很关心协会翻译资料的事情。

2018年,副会长田馥境的老公成了副县长,很多事情有了转机。之前有一个美国驻武汉领事馆的英语教师罗瑞,通过助手宇中神联系上了王老师,罗瑞提供了几个选题让王老师选。王老师选了四个课题,决定让罗瑞5月4日和5月5日演讲。随后,王老师一直忙于找地点,后来决定在教育局会议室举行,第一次正式活动确定由罗瑞来讲课。在王老师的努力下,这件事在5月份开了一个好头,活动举办得很成功。74岁的王老师哪怕是崴着脚,仍然坚持在公益活动中发挥余热。

王老师在回顾自己几十年的人生时总结说,第一要有良好的心态,第二不要只考虑自己,只要是能够做的就一定尽力而为,实实在在做人,老老实实做事,从来不计较任何回报。

王老师就是这样一个朴实的人,她的人生是从平淡中走向辉煌。

　　王若芳,1944年出生,湖南双峰县人,1968年湖南师大英语专业毕业后被分配到湖南凤凰参加工作。1989年9月被评为湖南省优秀教师,被授予湖南省教育系统劳动模范称号,同时被国家教育委员会、国家人事部、全国教育工会授予全国优秀教师称号。1992年被中国教育学会外语教学研究会授予全国优秀教师园丁。1996年底被湖南省教育委员会授予特级教师称号,享受国务院特殊津贴。1999年,荣获中央教科所颁发的全国中小学素质教育英语知识能力竞赛优秀辅导教师奖。2017年3月,退休后一心想发挥余热的她成立了凤凰县外语协会,让凤凰旅游走上国际舞台,因此当选湖南凤凰县十佳"最美女性"。

沂蒙之子张在军

成长篇：他在丛中笑

一、落榜后成了孩子王

在山东省革命老区沂蒙山有大大小小一千多座山崮，张在军的人生路便是从这里一座叫纱帽崮的村开始的。要问这里有名的崮有多少座，陈毅元帅曾经有诗曰："临沂蒙阴新泰，路转峰回石怪。一片好风光，七十二崮堪爱……"

沂蒙72崮有着独特的风貌，崮又叫方山，由于地壳运动和岩层断裂而形成，大都是厚厚的石灰岩或石英砂岩平铺在山丘顶部。

这些星罗棋布的山崮，以其特有的风韵、巍峨的雄姿点缀在沂蒙大地群山峻岭之中，使八百里沂蒙风景越发妩媚，分外妖娆，更加壮美如画。

大大小小的崮，或雄奇，或险峻，或秀美，颇具鬼斧神工之妙。有的崮像山顶上冒出的一个巨型蘑菇，有的崮像扣在山头的一顶博士帽，有的崮像蹲在山顶的一个石磨，有的崮像压在山顶上的一枚圆形棋子，有的崮则像拱出山头的一截圆木桩。

在中国近现代革命史上，沂蒙崮更是做出了不可磨灭的贡献。

在战火纷飞的革命战争年代,这里的山崮成了兵家相争之地,这里曾经是硝烟弥漫、血与火的战场。刘少奇、陈毅、徐向前、罗荣桓、粟裕等老一辈无产阶级革命家,都曾在此运筹帷幄。这里的每一座山崮都有一个英雄的故事,每一座山崮都流淌过革命烈士的鲜血。1941年至1943年期间,日本侵略者发动了一次又一次大"扫荡",为了粉碎敌人的阴谋,八路军指战员在沂蒙崮上顽强抗敌,战斗到生命的最后一息。

也许是因为这层层叠叠的大山崮与优良的革命传统密切相关,每当张在军回家,他都喜欢在这里久久伫立。这里,是他20年教学历程的起点。

其实,村小所在的西棋盘村并不是一座想象中的世外桃源。因为这儿有这么一句民谣:"西棋盘,石头多,缺水缺粮缺老婆。"这儿是以穷出的名。村子四周都是山崮。西边是锥子崮,山顶尖尖的,像一把朝天的锥子;北边是枕头崮、鸡头崮、斧头崮,不用细说,听听这些名字就知道它们的外貌。东边是东汉崮,南边是马头崮、板子崮。有这么一副对联用在这里再合适不过了:"山连山山靠山山山相串,崮连崮崮靠崮崮崮相连。"上级领导谁提起这里,谁皱眉头。汽车进不来,拖拉机过不去。骑自行车来检查工作吧,一到山口就得把自行车放在肩上扛着。

所以,当张在军接到落榜消息后没几天,在家里为第二年复读参加高考做准备时,父母用一种沉默代替了交流。张在军想,自己再努力一年,肯定会考上的。八月盛夏,暑气逼人。他实在睡不着觉,拿着衣服乘夜色出门,村东头一棵柿子树下,老艺人李秀文正在说着《聊斋》的故事:话说太原有个姓王的书生,一天赶夜路,巧遇一玄色衣衫女子。这女子神色憔悴,恍恍惚惚……

张在军不禁付之一笑,他想自己将来也许可以拜李秀文为师。讲一点聊斋先生蒲松龄讲了千遍万遍的故事,给乡亲们解解乏。一天的农活干完了,老少爷们都累了,于是聚在一起唠唠家常,或者吹吹牛皮,这不也很惬意吗?

张在军内心何尝不纠结呢? 白天,老支书王常会来到他家,说原先姓王的女老师嫁出村了,村里没人带小孩子了,一帮野小子漫山遍野到处疯跑。老支书去学区管李校长要老师,校长答复他:"没有,你自己想办法。你说,叫我哪儿去想办法,学区里都没有,还能上哪儿去要。又不是地里的瓜,随便挖都是。在军娃高中刚毕业,听说没怎么发挥好,准备再去考。依我看,这不是村小缺人吗,你不如让在军把这担子接了去,为了让咱村的孩子有出息尽点力吧。娃们没人管,成天这样也不行。"

前方就是童年伙伴坤明家,里面传出一阵阵激烈的吵闹声,张在军走进去看时,他看到几个人在打牌赌香烟,谁输了,就给别人一包香烟,是八分钱一包的"荷花"牌,在他们桌子上还放着一个酒壶,每人前面搁着一只大碗。

坤明说:"在军,你来了,喝一口。"他其实是喝多了,说话已有些口齿不清。看在军一脸的苦笑,又说,"没事的,考不上就考不上,咱西棋盘村里,还是数你文化水平高。"旁边的几个年轻人见状,忙帮他解释:"坤明喝多了,你别见怪。"

张在军退出来,回头看见昏暗的煤油灯光下几个童年伙伴暗淡的身影,心里涌起一股微微伤感,他想,自己是离不开这熟悉的地方的。如果这一大群孩子没人带,他们很快就会像他的这些伙伴一样,永远伴着油灯在这块贫瘠的地方喝酒逗乐,开玩笑赌博,直至年老昏花,终老病死。

可他心里又浮现出父母那憔悴苍老的脸,父亲总对他说:"你还是好好复习你的书,当民办教师,一辈子都养不活家小,你看俺们三村四峪的,有几个老师不是熬白了头也转不了公办,你读出息了,到大城市工作,俺们脸上也有光啊!"

娘也说:"家有二斗粮,不当孩子王,这些年俺和你爹操碎了心、熬白了头,不就指望你有个好收成?俺就你一个儿子,当上孩子王,连个媳妇也娶不起,俺们能指望谁?"

张在军心里别提有多难受,他思来想去,脑里反复出现父母的脸,常会叔那张脸,还有一大群孩子的脸。不去当教师吧,这一张张笑脸日后也就成了和他一样,和坤明一样的脸,终日在山道上流连,终日在昏灯黄土里煎熬;他要是去复读,可能他的命运会改变,可这些孩子的命运就无法改变了。哪个轻哪个重,他不得不掂量掂量。思前想后,他想说,这真的好难!

他想,个人的前途和一座村庄的前途,这是两回事。他应该懂什么是最重要的。那天晚上,他做了最后的决定,他和父母说:"娶不上媳妇,俺认了,俺不怪谁!可要是咱一村的孩子都跟我一样,又能怪谁呢。"

就在那天晚上,他敲响了王常会家的门,也敲开了他命运转机的大门。

第二天,他和老支书从山野里抓回那些放羊拔草的村娃,一共三十几人,土头灰脸,乡里人什么样子他们就是什么样子。没有钟怎么办?常会叔从大队粮食加工房扛来一个粉碎机磨头,帮他挂在院子里那棵柿子树上,从此,西棋盘小学有了钟,人们习惯了听到钟声,他们的孩子不至于沦为新文盲了!

二、孩子王成了教学能手

第一次上课,张在军最难忘记的是他一个16岁的大孩子指挥一群小孩子,他像一个不成功的指挥家,手忙脚乱地打着节奏,而一大群孩子说有多麻烦就有多麻烦。先是上课分配问题,把一群孩子分四个年级倒也罢了,上课可不是这回事,你上一年级,后面的没事干,在那里陪听,你上二年级吧,一年级的在玩。有个本家叫张贵的小孩戳这个捅那个,你骂他,他冲你做鬼脸,挤眉弄眼的,惹得众人哄堂大笑。

那时正是农闲季节,一帮村里人也凑过来瞧热闹。支书王常会蹿过去提溜着张贵的耳朵,把他拽到了讲台一角,照脑袋梆梆两锅子。张贵哇哇大哭,一脸的委屈样,眼泪有似涌动的泉水。旁边的人帮腔说,来闹学的叫他回家去,不准到这里捣乱。王常会干脆顺了大家的意思,于是人群中自动闪出一条道,张贵吸着鼻涕,提着书包一溜烟跑了。

才一袋烟工夫,张贵号哭着跑进教室,后边跟着挥舞着皮呱嗒子鞋的二叔张松道。大家又都怂恿:"松道,你那小贵子也太不是个东西了,在这儿闹,他不学,俺们小孩子还要学呢。"松道扬起皮呱嗒子鞋要打,常会止住了说:"算了算了,小孩子家家,哪能真算计他呢?"

张松道是张在军的本家二叔,在军也劝,护住张松道说不打了。松道骂道:"你小子给我记住,老师就是你爹,跟你爹一样。老师,他要是再调皮,你替我揍他,揍死他也活该。"说完又要打,张贵说:"不敢了不敢了。"张松道这才作罢,"别让我下次再听到你调皮,听到我揍死你。你给我记住,一日为师,终身为父。"

一大群孩子总算安分了些,村里人也纷纷离去。

一个烂摊子！那个王老师嫁出去后，孩子们的学业耽误了半年，如果降级的话，孩子们本来就超龄了，那是耽误了孩子。张在军决定把两个学期的课放在一个学期上掉。可自己是新手，只能按以前当学生时的印象来学学样子，正巧，那是一个星期六，学区李春溪校长来学校。李校长原来是在军初中时的语文教师，拉得一手好二胡，还能教音乐，当时他就很崇拜李老师。在军大喜过望，说："李校长我正想向你请教呢，你真的来了。"

李校长看看他说："在军，你是我所有学生中最有出息的一个，你愿意当老师是好事，可民办老师很苦，你要有心理准备。"

正巧王常会来了，说："李校长你好啊，你可来得真及时，就在这里吃饭吧。我让张瑞道到石汪峪割肉买菜去了，咱好好喝一壶，给在军打打气。"

李校长说："麻烦你了，我下午和在军去松园小学听课，也不要太刻意，随便一点就成。"

在军说："李校长指导一下我的课吧，我没什么经验，要靠你们多批评。"听完一节课，那边王常会和瑞道也弄好了菜。李校长边吃边聊："在军，你想把两个学期的课放一个学期上可以理解，但学生都能接受吗？一口吃得成个大胖子吗？欲速则不达。"停了一停，他又说，"你让学生在山墙两边放黑板，背靠着背上课的办法很好，到了学区你可以介绍一下。"

听刘老师上课给了在军新的启发，刘老师的课重视规矩，指导有方，有效地启发了学生，诱导质疑都挺好。有一个细节让张在军铭记于心，一个男孩用"含"字造句时卡住了，其他的孩子为他着急，纷纷低声为他提示，可他就是不去捡拾那些飞扬在他身前身后花瓣似的提示。刘老师见了，将眉头一皱，笑容可掬地在黑板上写出：多诚实的孩子！诚实是人类品德最美的花朵。

那一个个洁净明亮的粉笔字，像一片片晶莹的雪花，慢慢融成甘露，滴在男孩的心头。这种转移话题式的微笑批评，把那个男孩感动得拿起红润的小手直擦眼睛。

这是令张在军难以忘记的一课，他明白，要把课上好不容易，得下真功夫。这堂课也给了他更多的启示，要把课上好，还得多磨课啊。

张在军的教学改革首先是从作文开始的。为了五年级学生明年能考上好的初中，他决定先看看他们的知识现状，他只记得，他出了一张试卷，答题时间一共90分钟，其中作文是写一件事，学生交上来的试卷着实吓了他一跳。

刘永写的《我推磨》：

放了学我妈妈叫我帮推磨。我就帮推磨。推的玉米煎饼糊子，满满一盆玉米。我就推啊推啊推，磨棍掉了好几次，我妈妈拿勺子打我的头说，叫你三心二意的，连磨棍也抱不住，想把恁娘累死啊！你这个不孝顺的孩子。我又使劲推，推着推着磨棍还是掉。最后推完了。

言之泛泛，索然无味，这还算是写得好一点的。还有只写了50个字的。

张在生写的《喂鸡》：

鸡都饿了，娘叫我喂鸡，我就喂鸡。我抓了一大把玉米喂鸡，鸡很多，都吃玉米。又抓了谷子喂鸡，鸡很能吃，我就做作业，做完作业出去玩了一会儿。在大队天井里玩了一会儿，在大街上玩了一会儿。

这纯粹是一段无趣的流水账。

还有写一句话的一个人，刘华写的《一件事》：

今天我做了一件事，多么快乐啊！我一定做好人好事。

交白卷的有5个人,李建新、王有强、王关花、张贵、王关玲。

这些学生的作文水平,确实不敢恭维,这样下去,拿什么去参加升学考试。那么到底怎么抓,才能提高学生的写作水平呢?

孩子们为什么不喜欢作文?有个大胆的学生——刘进全哗啦哗啦地背起顺口溜来:作文难,作文难,提起作文心就烦,有心不作吧,老师瞪大眼,没有别的法,不抄就瞎编。

张在军感到问题十分严重,他决定从鼓励孩子写好作文开始。通过分析,张在军以为,学生的作文水平之所以上不去,问题还是在教法上。现在的作文教学比较无序,低年级不重视字词训练,到了高年级,一下子要他们写作文,学生们确实吃不消。木匠在教徒弟时,一旦徒弟学会了凿铆、开榫,就马上让徒弟练习打板凳。因为打板凳综合运用了已学的凿铆、开榫等几个技巧。在教学生识字时,教师应该注意把识字、组词、用词说话结合起来,进行组词、说话的训练。如教学"美"字时,学生掌握了音,理解字义后,就引导他们组成"美丽""美好""俊美"等词,然后让他们用学到的词说话。如"我们学校很美丽""我们要掌握知识,把家乡建设得更美好""某某长得很俊美"等。

在此基础上,教师还要设计多种形式的练习,以提高学生的说话、写话能力。

扩句法。把一个最简形式的完整的句子加上其他成分,使其更具体、完整。如:( )的月亮挂在( )的天上。( )的叶衬着( )的花。我买了( )铅笔盒。

补充法。把不完整的句子补充完整。如:( )和( )都是我的好朋友。太阳( )。我喜欢( )和( )等。

学生学会了扩句和补充,接下来要培养他们言而有序的能力。张在军鼓励孩子从说话、写话开始,但要真正掌握写作能力,还得让学生学会观察和思考。他鼓励孩子多写日记,掌握第一手素材,同时展开精细的作文训练。比如写自然景色:风、云、雨、雪、雾、冰雹、日月食……;写场面:升旗、课间活动、劳动……;写植物:形状、色彩……;写动物:动态、静态……;写对话:学生与学生的对话、老师与同学的对话、某场面中几个人的对话……可要求学生用多种形式进行练习,比如提示语在前、在中、在后、无提示语等。写心理活动:当老师表扬你时,当你被别人误解了时,当你考试不及格时,当你的作文被当作范文宣读时;仿写训练:学习了《翠鸟》可仿写《燕子》《麻雀》,学习了《三味书屋》可仿写《家庭》《教室》……

几年之后,他的孩子在全国各地获奖无数。有个叫田芽的同学二年级时写的日记《上坟》,参加天津《小学生作文》"金龙杯"全国大奖赛,获得了一等奖,田芽是那次大赛中年龄最小的获奖者。

张在军认为,阅读和体验也是两个必不可少的环节。比如课文《李时珍》中有这么一幅插图:在一座巍峨的山上,李时珍与砍柴人站在一起。砍柴人正指点着更高的远处,向李时珍说着什么。认真观察这幅图会看到,白云在他们脚下飘荡,山已经很高了,李时珍还要往更高处去,是什么力量在支持着他? 砍柴人说了什么? 他是怎么想的? 另一个年轻人微笑着望着李时珍,他对李时珍的追求精神产生了怎样的想法? 在这种因势利导思维的开发下,学生们终于觉得自己有事可写,可以把事写好。

比如上《荷花》一课,张在军特地布置这样一道作文题:"写一种花,重点写清花的形状、颜色、气味,并展开丰富的想象。"

回想起老师课上的成功引导——荷花的气味:清香;形状:有的……有的……;颜色:嫩黄色、白色……;联想:我成了荷花,迎风舞蹈……学生们文思如泉涌,一个叫关云的学生这样描写:

一进奶奶家门，我就被一阵浓郁的香味包围了。我只觉得眼前一亮：石榴树上满树花。一朵花是一朵红火苗，三百朵花就是三百朵红火苗，在绿叶中像颗闪闪发亮的红星星，整棵石榴树，就成了一棵燃烧的大火球……渐渐地，石榴花要谢了。石榴花的肚子渐渐涨大，就好像一个个小火瓶儿。'瓶'口里的花，依然是那么妍美，那么艳红，很像是有人买了红花插进花瓶去的。我又想起了正月十五元宵节人们放的'手花'。看，那未长成的石榴和未谢的花不正像一个个正喷着'火苗苗'的手花吗？噢，石榴树爷爷也爱玩呢，他一个人就放了一百多个手花呢！看着，想着，我仿佛看到石榴成熟了，一个个石榴在秋风中摇动，像摇着铜铃，发出悦耳的声音，又好像一些顽皮的小淘气，正噘着嘴，在使劲地吹着一小簇红蒲公英呢……

小作者把石榴花想象成“红火苗”“火瓶儿”“手花”“蒲公英”，很好地关注了花开花败的变化，想象力丰富，颇有见地。

三、他的教学课获奖了

1987年4月28日，张在军来到县里报到，初夏时节，天气清爽。张在军抽签抽到三年级《荷花》一课，这时候，他已经过关斩将，在镇上取得了优秀的成绩，就看全县比赛的表现了。这是一篇看图学文，描写了夏日公园里一池荷花盛开时的情景，以及“我”沉浸在此景中，与荷花融为一体的感受。

文章写了一位小姑娘一清早进公园，闻到清香就往荷花池边跑，看见荷花已经开了不少了。荷叶挨挨挤挤的，像一个个大圆盘，碧绿的面，淡绿的底。白荷花在这些大圆盘之间冒出来。有的才展开两三片花瓣儿。有的花瓣儿全都展开了，露出嫩黄色的小莲蓬。有的还是花骨朵儿,看起来饱胀得马上要破裂似的。

荷花一朵有一朵的姿势,都很美。小姑娘想,如果把这些荷叶、荷花看作一大幅活的画,那画家的本领可真了不起。看着看着,小姑娘觉得自己仿佛就是一朵荷花。一身雪白的衣裳,透着清香。一阵风吹来,自己就迎风舞蹈,雪白的衣裳随风飘动。不光是自己这一朵,一池的荷花都在舞蹈呢。风过了,小姑娘停止了舞蹈,静静地站在那儿。蜻蜓飞过来,告诉她清早飞行的快乐。小鱼在下边游过,告诉她昨夜做的好梦。后来小姑娘才记起自己不是荷花。

张在军决定抓住阅读课的基本特征,重视从读中理解、想象、训练,他把教学重点放在了让学生读文章想画面中,体会作者丰富的想象力,并从读中悟写、读中学写,学习作者感悟描写的细腻以及语言表达的生动形象。让学生在欣赏美丽的荷花的同时,体会大自然的神奇美妙。

那么,如何引领学生感受荷花美丽的姿态,体会作者丰富的想象呢?

备课中,他把"白荷花在这些大圆盘之间冒出来""如果把眼前的一池荷花看作一大幅活的画……"等语句确定为教学难点。

他让学生换几个动词,比较作者用"冒"字的灵动。如果不用这个词,用"钻""长"等会有什么效果?

他设计了三处让学生从读中学写的环节:一处利用"有的……有的……有的……"说话;一处让学生把自己想象成小姑娘后的所见所感;一处全文结束总结时让学生通过转述全文表达对荷花的喜爱之情。

当时,县里教师来了很多,听课的教师站满了走廊,连窗台上都有教师蹲在那里,张在军的课赢得了一片掌声,那一堂课,上出了张在军多年来积累的认识与经验,上出了他浓郁的个人风采。他成功了,获得了第一名。曾经在县教师进修学校进修过的他被请到了讲台上,给别人上课,做学术报告。《荷花》课堂设计案例被作为经典教案在全县推广,他的讲课录音在31个乡镇翻录了几百盘。

他的人生也从此被改写,他被调到了区里、县里,当教导主任、当教委副主任,获得一连串的荣誉和奖励,进京,借调,正式调入中国教育学会。

教育篇:爱心浇灌出新芽

一、点燃理想之火

有个叫王强的学生,有一段时间成绩下降了,作业习惯越来越差。张在军想了解原因,说:"王强,老师想知道一些你家里的情况。"

王强说:"老师,能不讲吗?"

张在军说:"那老师先给你讲个小故事好吗?"看王强点头了,张在军把他拉到自己身边,"周恩来总理小时候读书非常勤奋,老师问他,你的理想是什么,他说,为中华之崛起而读书。一个人从小得有理想,你现在就这个样子,将来怎么做大事情啊!"

王强抬头说:"老师,我知道你在说我表现不好。其实,我也想学好。可我想不通,我到底是不是一个讨人厌的孩子?"王强说了他家里的一些情况,他父母关系不好,最近又吵了一架。

"为什么吵架?"张在军感到不理解,吵架又怎么会让他这么长时间都萎靡不振呢?

王强说,其实是母亲带着他改嫁到现在这个家的,他的父亲其实是他养父,他养父没结过婚,平时对他挺好的,待他像含在嘴里怕化了。有什么好吃的都先给他。可最近养父和妈妈吵架,王强想,养父肯定是嫌弃他们母子。他觉得养父这样做不对,可他又没有办法来帮妈妈。过后他又想,你不是指望我给你把书读好吗,我偏不认真读,看你怎么办。王强就课也不听,作业也不认真做了。

张在军觉得这孩子的想法实在可笑,对他说:"你养父对你还不错,是不是?你看他平时送你上学,给你买学习用具,他哪一点对你差了。你是一个懂事的孩子,可你的做法不对。"张在军继续对他说,"有个故事你听说过没有。从前有三个人在砌墙,有人问第一个人,你在干什么,他说我在砌墙;问第二个人,他笑笑说,我在盖楼房啊;问第三个人,他哼着小曲,埋头说,我们在建设美丽的城市。十年后,第一个人在另一个工地上继续砌墙,第二个人在办公室里设计图纸,第三个人则拥有了自己的建筑公司。"

讲完了故事,他告诉王强:"虽然三个人都是在砌墙,可他们的目标不一样。那个说自己在砌墙的人,他最后还是一个泥水工,而另一个有一定的理想,所以他成了设计师,第三个人理想最远大,所以成了一个公司老总。人的理想有远大与短浅之分。你如果在意这眼前利益,将来怎么能干大事?"

王强点点头说:"我懂了,老师。"

"你现在要想和爸爸搞好关系,就应该好好学习。学不好,将来拿什么和爸爸去说。爸爸妈妈为小事吵架,这也很正常,可你这样做,反而会给他们造成不必要的麻烦。你是个有理想的孩子,有了理想就应该自己勇敢地去实现。对于这样的家庭小事,你怎么做才是最佳的处理方式呢?你应该用你的行动去感化父母,让他们为你感到骄傲,让他们为你的好好学习感到欣慰。这才是一个有理想的孩子所应该做的,你说是吗?"

王强答应道："老师我一定好好学习。"张在军如释重负，不久之后，王强又找回了从前的状态，开朗乐观，而且充满了自信。

二、给孩子打开一扇窗

有一个叫王静的同学丢了5元钱，哭哭啼啼来找张在军。王静家里穷，哥哥姐姐都在上初中，当时学费要30元。有这5元钱，他父母就会减轻不少负担，而且本来父母就不太愿意让她来读书。

怎么办呢？发一通脾气，然后挨个儿审问，这样很可能伤害孩子的自尊心，试想把孩子一个个像贼似的看起来，这不是办法。要么自己出钱来帮她，这也不妥。如果那样做了，那偷东西的人就会想，好了逃过去了，下次一定还要偷。这次偷针，下次就会偷金，错误的习惯往往是这样养成的。

张在军想呀想，终于想出了一个办法。上完课后，他要求孩子们留下来，他说："同学们，今天王静在翻书的时候，不小心把5元钱弄丢了，这5元钱对她来说很重要。我想一定有哪位同学捡到了，想着助人为乐，但还来不及把钱交到我这里，这位同学一定是想做好事不留名，那么我们就给他一个机会吧，待会同学们去我办公室，我办公室三个抽屉都锁上了，但中间那个还留着一条缝。请这位同学把捡到的钱放进去。好了，大家现在轮流去吧，要等前面的同学回来，下一个同学再去好吗？"

十几分钟过后，几十个同学都去了办公室，等他们都回来了，在军对王静说，现在你去把钱拿来吧。王静将信将疑地去了办公室，不一会，她举着5元钱高高兴兴地跑了回来，教室里顿时响起了热烈的掌声。

时隔多年,在军收到一封来自某大学他曾教过的一位学生的来信:"老师,非常感谢您。您用您温柔巧妙的艺术,把一位差点要犯错误的孩子从邪路上拉回来,我感到非常幸运。童年是人生最重要的成长阶段,我感谢您没有让一个孩子小小的自尊心受到伤害。那归还的5元钱使我懂得了做人应尽的责任,让我明白,什么该做,什么不该做。我以后会牢记这件事情。是您巧妙的德育艺术散发出芬芳,陪伴我走过健康而又幸福的人生。

这是一件出彩的事情,在张在军看来,这也是他谋求以教化改变人生的理想蓝图。

三、爱,从书写家乡开始

爱动脑筋,寻求变革是张在军教育观念的核心和出发点。

为了激发孩子们的动手能力,他在学生中开展了"知我沂蒙、爱我家乡"的活动,活动的初衷就是激发孩子们爱家乡的情感。经过一段时间的考察,孩子们写出了不少有关的文章。

关美同学所在的小组专门研究沂蒙崮的名字。

以历史人物命名的有著名的孟良崮、吕母崮、纪王崮、吴王崮、晏婴崮、尚崮、货郎崮等,这些崮曾经留下了历史名人的足迹。

有的是以崮上的特征物命名的,如松崮顶是因为崮顶上面有松树而得名;岚崮是因常有雾气笼罩而得名;柴崮是因为崮上柴草多而得名;水塘崮是因山顶凹陷,雨季积水而得名;瀑崮则是因山势陡峭,每逢雨季水自崮上飞流直下形成瀑布而得名。

有的是以崮的形状命名的,山顶有一块直立的巨石像锥子刺向苍穹的,叫锥子崮。崮崖上有一个圆圆的洞穴,从洞的一边望去,透明的天空清晰可见,这就叫透明崮;好几个崮间隔地连接在一起,像一个仰面躺着的卧佛,它就是卧佛崮。

有的因为曾经有人在上边居住过而得名,如姜家崮、赵家崮、范家崮、朱家崮、徐家崮、严家崮、孙家崮子、刘家大崮等。而东汉崮,则因为相传东汉时期曾经有人居住在上面,所以得名。

有的崮还因其他原因而得名,如猪栏崮是因为古时候有人在上边建有猪圈而得名;石城崮是因山上曾建有石城而得名;放牛崮是常有人在上边放牛而得名。

试想,若没有经过仔细考证,多方收集资料,学生能写出这样沉甸甸的文章吗?张在军在培养孩子动手能力、收集资料、组织能力方面,走出了极有意义的一步。

王有强组调查的是家乡现状。

沂蒙崮虽美,但由于历史、自然等诸多原因,沂蒙山区曾一度以"四塞之崮,土货不出,舟车不入"而著称,长期戴着贫困落后的帽子。改革开放以来,经过沂蒙人民的妙手装扮,沂蒙72崮变得越来越美丽多姿。

这里蕴藏着丰富的矿产资源,老区人民有的在崮下开矿山,有的在崮下办工厂,有的发挥山区优势发展林果生产,许多乱石滚滚的崮下荒坡变成了层层梯田,栽植了松树、板栗、樱桃、葡萄、花椒、香椿、黄烟等,形成了"崮顶松槐戴帽,山坡果树缠腰"的沂蒙景观。山崮已成为沂蒙山区农民的聚宝盆。春季到来,满山遍野果花吐艳;夏季到来,崮上崮下绿树成荫;秋季到来,山崮处处瓜果飘香。大樱桃珍珠簇簇,葡萄玛瑙生辉,生姜根茎块大,香椿鲜嫩翠生。这里林草茂盛,是蜂蜜、全蝎栖居的理想场所。如今,沂蒙蜂蜜及其副产品蜂王浆、蜂蜡已成为国内外商家的抢手货。沂蒙全蝎全身是宝,被广泛用于中药制品,也是餐桌上的上乘佳肴。同时,这里也成为发展畜牧养殖的天然牧场,让人不由得想起在沂蒙岗群间经久不衰的那曲优美动听的《沂蒙山小调》:"人人都说沂蒙山好,沂蒙山上好风光。青山绿水多好看,风吹草低见牛羊……"

经过调查,孩子们在报告中几乎都用这样的语言来表达对家乡的情感:"我一定要努力学习,长大成为祖国的栋梁,让这块英雄的土地更加美丽。"……

看似幼稚,实则合情。孩子们的感慨发自心声,他们那种朴素的爱的情感被激发出来了!什么是爱的情感?这就是"爱"。不要以为爱有多抽象,爱有多纯洁,爱有多伟大,海伦·凯勒回顾莎莉文老师对她一生影响最大的三件事,其中之一就是莎莉文老师告诉她什么是爱。

爱就是让学生知道什么是具体可感、发自肺腑的东西,就是你身边的人和事,就是你能做得出来,可以感觉和触摸的东西;爱就是自然之韵,爱就是一代代家乡儿女心底里那种割舍不掉的家乡情、桑梓谊。

奉献篇:沂蒙山下金凤凰

一、他创办了沂蒙书屋

1980年8月,这对张在军来说,应该是个黑暗的日子,他落榜了。这天下午,坤明、闫明这两个和他穿开裆裤长大的童年伙伴拎着鸡来安慰他,坤明是最和他知心的,他们把鸡杀了,烧好菜,"来,秀才,摆酒!"坤明说,"俺知道你心里难过,不就是一次考试,能咋的!你一个男子汉,还怕啥!"

闫明对坤明使使眼神说:"不说了,在军。先别把铺盖往家里挪,俺赌你明年肯定考中个状元。中不中?"他朝在军打了个手势,样子很滑稽。这使张在军觉得有些搞笑。

坤明干完一杯酒忽然说:"在军,我看落榜未必不是一件好事。你想,俺们这里缺什么,就缺像你这样有文化的人呢。你留下来,不也可以做秀才?"

那一瞬间好像有什么从思想深层实现了穿越。他突然把刚刚吊起来的情绪转了个弯。那一瞬间几个童年伙伴的安慰其实使他进入了人生意义上的又一次选择,在军想通了,他把之前王常会老支书对他讲的话又在脑子里像放电影般过了一下,自己多教会几个孩子,让这个穷山村多出几个大学生,这难道就比他一个人考上大学差了?就在那一刻,他做出了改变自己命运的决定,他接任王老师站在了村小的讲堂上。

还有一件事让张在军决定要改变西棋盘村人的命运。一次乡村推广地膜技术的人来推广技术,帮本地人盖了地膜,讲了方法,可等他们一走,有的老乡就把地膜掀了,他们反对道,那还不把种子给捂烂了。

在军觉得农民的素质才是问题的关键,不能怪他们,他们没受过几年教育,在这样落后的地方,要想脱贫,看来还得先摘掉穷帽子。张在军在村里办起了扫盲班,利用晚上的时间给乡亲们上课。同时,他通过向上级反映问题,让领导了解这件事。

1992年冬天,有了上级的支持,张在军开始筹建沂蒙书屋。同时,北京的《中国青年报》《北京日报》《人民日报》先后发表了他"创办沂蒙书屋,扶山区科技之贫,推动农村两个文明建设的构想",新华社、中央电视台等几十家新闻单位进行了报道。清华大学、北京大学、北京师范大学等单位先后寄来了大批的农村致富书刊。沂蒙书屋先后共收到全国20多个省、直辖市捐赠的书刊万余册。赠书人有九十多岁的老人，有幼儿园的儿童。老诗人艾青精选500册书，委托国务院侨务办公室团委书记习骅等人送到沂蒙书屋。他们对"农民素质教育"的课题表现出极大的关注和支持。

张在军的劲头更足了。1993年春节前后，来自四面八方的赠书云集到乡邮局，由于实在太多，在军干脆叫上坤明、闫明两个朋友，往返48里山路，一共用手推车推了18趟书。他们晚上加班，父母帮忙分拣书刊，闫明帮在军登记，坤明、村支书等写感谢信回复。坤明憨头憨脑地说："这都比我当年偷羊买书多了好多了！"

大家一阵嬉笑，"你小子还是爱学习的料啊！别到那耍墨猴了，你能蹦出几个字？别蹦出个屁来！"闫明打趣他。

父亲说："坤明，读完这些书你再吹牛皮，兴许还能蒙上个把人。可别把自己也给蒙进去了。"

大家又都开心地笑了，可在军笑不起来。为什么？这回信得要钱吧，不算还好，一算把他自己给蒙了，要6000多元呢！看来，感谢也是沉甸甸的啊。

但从内心讲，沂蒙书屋的创办不仅把村子里喝酒、打牌、赌博的不良风气给改了，他们尊师重教的观念也在加强，不仅理解了地膜技术，还懂得许多科学技术。

在北大优秀师生报告会上，在军赢得了大学师生的一致拥戴，他们中的很多人都曾是当年的志愿者，在知道在军就是沂蒙书屋的创办者时，别提有多亲切了！

在军觉得基层教师的作用其实是大有可为的，他们最贴近"三农"，最有资格引导他们解放思想，提高素质。作为农村教师，得担起这个责任与义务。

二、井泉的故事

张在军心里一直怀想着乡人求雨的情景。人们走到山泉边,虔诚地跪在那里。老族长跳进泉里,为每个人的水瓢里象征性地舀进半瓢黄泥水,众人又开始念叨着祈雨谣往村里赶。念叨几句,大家就把水往空中洒一些,雨点落在身上,人们便喊,"下雨了下雨了"。队伍行进到村里,无论碰到谁,都会把水泼在他身上一些,泼到谁身上,谁都不会烦恼,都会呵呵笑着喊几声"下雨了下雨了",然后匆匆跑开。

西棋盘村这样的仪式不知上演了多少年,当全村人都跪下来等待长者焚香燃纸的那一瞬间,他感到一种难以言状的悲凉。面对种种令人痛心的情景,他的心被深深地震动了:这么多年父老乡亲为什么一直没有摆脱贫困,是他们懒惰吗?不是的!一年365天,他们难得有一个清闲的日子。

缺水,是西棋盘村人的一块心病。

日历翻到了20世纪90年代,饮水问题、灌溉问题成了阻挠西棋盘村人的大难题。温饱问题是解决了,要再发展,水却成了瓶颈,怎么办?张在军想,集资吧,钱由大家平摊。广播后,村里立时有人给送钱来。

"在军,无论多少,这是俺平时做生意剩下的,可别嫌少。"尤钟老汉说。

预算、勘探井址、集资,每口人150元。全村278口人,集资41700元,不到5天时间,钱一分不少地集齐了。

卖羊、卖猪、卖鸡、卖蛋、卖粮、卖菜,准备盖房给儿子大毛娶媳妇的狗剩把檩条都卖了。

钻井队来了,选了黄道吉日,鸣放了鞭炮,宰了6只大公鸡以图大吉大顺。钻机轰鸣一个月,全村人围在钻井边眼巴巴候了30天。预测水深183米,可他们一直钻了198米,还没有一滴水。

解决水的问题成了在军日思夜想的事。

这个机会终于来了。

1995年春,团省委、省青联、山东电视台、山东人民广播电台、《大众日报》社联合举办了山东省十大杰出青年评选活动。经各地市推荐,初评出30名"十杰"候选人,省里各大新闻媒体陆续报道了30人的事迹,山东人民广播电台还分期把候选人请到演播间进行现场采访,与听众朋友热线对话。之后,由团省委牵头邀请社会各界对30名候选人进行无记名投票。投票的结果公布了,张在军名列"十杰"第一名。

张在军想,现在自己可以在适当时候反映情况,利用这一次去授奖现场吆喝一声。活动结束后,张在军又回到了三尺讲台。到了第二年开春,春种又开始了。这一年又是春旱,别说种地了,滴答泉就像流眼泪似的,流速比往年慢了许多,一个星期等不上一担水。年轻人早没了耐性,索性套上牛车,柴草花篓里铺上软草,草上铺上塑料布袋,外出几十里路推水吃。

一定要解决用水问题,张在军给自己下了死命令。

了解到省委赵志浩书记去年就曾对村里困难的事情做过批示,利用业余时间,张在军骑着自己的自行车来到乡邮局,他给当时省委组织部的刘副部长打电话。刘副部长介绍了批文下发情况,说让他把此次困难情况向当地行政部门反映一下,取得地方政府的具体支持,才有办法。

张在军找到了乡党委书记胡乃德,胡乃德说这是件好事。过了几天乡党委来通知,说赵书记的批件来了,让在军去乡党委一趟。他来到乡党委,找到胡书记,胡书记拿出了赵志浩书记的批示件。在军看见发言稿的右上角写有这样几个字"请有关单位对该村的发展给予大力支持。赵志浩。6月27日"。他问胡书记,怎么请有关单位给予支持?胡书记说,写报告吧,先申请解决水的问题。在军马上起草报告,大意是,我村现有280口人,地方偏僻,新中国成立以来一直在寻求解决吃水的路子,但一直未能如愿,请有关单位给予支持,解决我村的人畜吃水问题。

之后的一年多,在军拿着报告,有时单独,有时和乡里的领导,有时和村两委的同志一起,先后五去济南、六去临沂,找有关部门协调。

1998年,在军参加省第七次党代会,其间,找到团省委李群书记,在军向他提起了村里人畜吃水困难的事。他说:"你是我们'十杰'代表中的佼佼者,这几年在农村教育方面做了很多有益的探索,做出了很大贡献。你们村的困难,我们一定帮你解决。"他对身旁的翟鲁宁说:"省里的部门咱协调一下,我再和临沂方面打个招呼。"翟鲁宁说:"我和水利厅方面联系一下,看他们能不能给予支持。"

开完会后,春节将至,在军和新支书刘成吉顶着纷纷扬扬的雪花,一溜小跑3里路到了石旺峪,等了一个多小时,等到了一辆带后篷的三轮摩托。车主30来岁,满嘴酒气地说:"在本乡转转可以,我这车什么手续也没有,去沂水可不敢,让人逮住一罚一个准。"他们好说歹说,车主勉强答应了,送到沂水得35块钱,少一分都不干。35就35吧。在军问车主:"喝了二两?"车主大巴掌一抡说:"二两?四两也不少。不弄上两口,还不冻灰堆了。"在军和刘成吉爬进后车篷,摩托车也像喝酒似的画着"S"曲线蹿起来。

这时候天下起了纷纷扬扬的大雪,到了县府,才知道牛启忠县长去临沂沂河宾馆开会了。在军和刘成吉只好搭了一辆长途汽车去临沂。赶到临沂宾馆的时候,快12点了。他们二人一阵小跑,直奔后排楼的服务台,正打听县长会议何时散呢,一群人从二楼上走下来了。牛启忠县长在靠后的几个人里边。他一走下楼梯,在军忙迎上去,牛启忠县长看了看在军和刘成吉,惊奇地问:"在军你怎么跑这儿来了,怎么这身衣裳?"在军简要说明了事情的经过,牛县长拍拍他和刘成吉的肩膀说:"天这么冷,真难为你们了,先吃饭去。"

走进餐厅,牛县长把他们二人单独领到一张桌上,亲自开了一瓶兰陵陈香,每人倒上一杯,端起酒杯说:"为了你们二位这精神,干了。"牛县长仰脖一口干掉。

三人把一瓶陈香喝完,牛县长掏出笔在张在军捎来的报告上写上了"请郭培忠、王佃修协助办理。牛启忠"几个字。郭培忠是财政局长,王佃修是水利局长。看到这几个字,在军心里踏实了。

两人高高兴兴往回赶,到了沂水天已黑,在军说:"30块钱住不起宾馆,就住作家好朋友魏然森家吧。"来到魏家,将就了一晚,天一亮,张在军就喊起呼噜震天的刘成吉,搭三轮车赶到龙家圈胡乃德书记家。胡书记一看牛县长的批件,高兴地说:"一过春节我就去找财政局和水利局要钱,这下有眉目了。"

1999年4月初,协调的15万元到了乡财政所。

4月16日,一阵鞭炮过后,钻机轰隆隆地响起来。

一个月后,甘甜的地下水流进了全村70多户村民的院子里。这一年的春节,乡亲们在村地下井的机房大门上贴了这么一副对联,"吃水不忘我党恩,感谢老师菩萨心"。

看到这里,在军觉得这样写不合适,用手去揭那副对联,可怎么也揭不动。想想这一路上的艰难历程,他深感为乡亲们尽一点绵薄之力有着多么的无奈和复杂,但这毕竟实现了,要不是有一种信念在支持着他,他哪能坚持到成功?要说感谢,他还得感谢上上下下那么多人对这件事的热心与支持呢。

苦一点累一点算什么,只要是为家乡人干一点实事,也不愧对他这优秀党员的荣誉和称号。

荣誉篇:枝头结出的红柿子

张在军身上的荣誉实在太多了!

他被中国教育学会、《光明日报》等单位评为"全国十佳民办教师"。1996年他又受到中组部表彰。

1994年9月,他被评为特级教师。

1995年9月,山东电视台记者杨军来学校采访拍摄他的"人物特写",教师节前一天在中央电视台"新闻联播"节目中作为第二条新闻特写播出,时长3分多钟。

山东电视台影视中心、临沂电视台拍摄了以在军为原型的电视剧《无悔的选择》,在央视播出。

1996年夏天,中央电视台"东方之子"栏目周兵、温迪亚等记者来到学校,采访了他一个星期,摄制完成了"东方之子"专题片,教师节前夕播出。

同年秋天,中组部电教中心拟出了先模人物系列的拍摄计划。市、县组织部的黄玉雪、王少东等同志负责拍摄。正是秋收大忙时节,他们在学校住了几个星期,和在军一起生活、一起劳动。江泽民同志为此系列写了片名《时代楷模》,此片先在央视播出多遍,后作为电教教材发行。

2001年初春,中宣部、中组部、中央文献研究室、中央电视台等几家联合拍摄大型党史文献纪录片《使命》,作为其中几个新时期的先模人物,对在军做了重点介绍。

……

2001年的七一前夕,中共中央举行建党80周年座谈会,邀请在军出席。入会的全国优秀共产党员代表被授予"全国优秀共产党员奖章"。

2009年七一前夕,各级党组织又推荐在军去参加了新中国成立60周年庆典活动。从1996年受到表彰开始,在军就如履薄冰。胡锦涛等中央领导勉励大家"成绩代表过去,要谦虚谨慎戒骄戒躁,为党和人民再立新功"的话一直回响在耳边。

回顾自己所取得的荣誉,张在军心里不住地警醒自己:你自己没有什么好骄傲的,荣誉是党给的,是人民给的,假如没有王常会、坤明、赵焕祥等人的勉励支持,没有父母的养育鞭策,没有孩子们的理解配合,哪会有自己的今天!

任何时候都不能麻痹大意。人一旦出名了,怕的就是不知道自己姓甚名谁了!你看不到自己的短处,就看不到自己的长处。张在军给自己的新书写的后记里有这样一段话。

太阳给我们四季变化和风云雨雪,月亮给了我们夜色的温柔和皎洁,树木给了我们凉荫和清新,河流给了我们奔跑的激情和潺潺的歌。我们要对这美丽的大自然感恩。

如果这个星球上的生灵都学会感恩,我们赖以生存的摇篮将远离饥饿、贫穷、犯罪、战争。如果我们都学会感恩,我们这个世界将变得明媚、快乐、幸福、圆润。

正是因为有了感恩之心，我才怀揣自信，一路追梦，前行到今。

多么独到熨帖的话语，生而为人，常怀感恩之心，你便知道你是那个需要感恩的人，你就会珍惜你的父母、你的朋友，你所热爱的大千世界。

做人，当如在军，有信念在手，有执着随身。山东沂蒙福和希望小学校长张希增回忆说，总忘不了去张在军任教的学校的情景，一棵大柿子树几乎遮满了整个校园。张老师说村子的几十户人家也是被几十棵大树抱在怀里。那是第一次走进张老师的办公室，一张床，一个三抽屉办公桌，一盏煤油灯，床上堆了上百本当时看来大部分是"闲书"的书：《论语》《老子》《叶老书简》《资本论》《教育的问题与挑战》。每一本上都贴了很多小纸条，上面是密密麻麻的摘录。办公桌旁边的墙上贴了一张"我的人生梦想计划"，什么时候开公开课啊，什么时候发表文章啊，规划缜密。"说心里话，当时觉得他似乎异想天开。后来，随着他目标一个个实现，我理解了他那天说的话：带着梦想启程，脚下的路才会变得平坦、轻松。"

行事，当如在军，有计划实施，有行动佐证。他说："生活中你会遇到很多不公平的事情，也会遇到很多让你无法接受的人，我们不能试着去改变别人，与其愤怒地大声指责别人的行为，不如怀着理解的心态给对方一个微笑。声嘶力竭地与别人争论并不能赢得所谓的自尊，反而让你丢掉自尊。"

最后谈谈张在军现象，他是一个普普通通的教师，通过踏踏实实的努力最后成为实至名归的代表。他出身农村，无任何背景，无任何优越条件，之所以能有今天，能调入中国教育学会，成立方圆工作室，成为一代教育大家，靠的是他一步一个脚印走出来，靠的是理想成就辉煌事业的信心。

中国教育学会常务副会长郭永福评价说："从一个普通的乡村教师成为万众瞩目的'东方之子'，从一位每天三点一线答疑解惑的教书先生成为有独到见解的语文教育名师，张在军给人的启迪是多方面的。"

"很多青年教师包括社会上的青年人老觉得怀才不遇，觉得命运不公，付出太多，得到太少。但是张在军的成功却告诉人们：快乐成功并不难，每个人都可以成功而且幸福。最重要的是，要坚持理想，永不放弃。做好手上的工作，把自己的分内事做好，做精，做成专家。同时要保持开放的胸襟，善于学习新鲜东西，跟外界保持密切联系。"

张在军，常用笔名方圆，《教师人文教育》《中华人文阅读》主编。央视东方之子、全国著名特级教师。1964 年 11 月，张在军生于山东沂蒙山区沂水县西棋盘村，父母都是农民，1980 年担任教师，29 岁被评为特级教师。他一直从事中小学语文教学以及研究工作。近年来张在军侧重于中华优秀传统文化研究、少年综合人文素质提高工作。

有一个女孩名字叫刘芸

初识刘芸，是在文学社社刊交稿的时候。刘芸在《心的舞台》中写道：在自己心中的舞台上，你一直是一个独舞者。

三年了，看到她用心思写就的文章一篇篇获奖、发表，笔者想，来日的她必成大器。

至于为什么与文学结缘，她说，最初是感到好奇，然后觉得自己也能写。小时候她去一个地方玩，回来就写日记，写了之后再改，渐渐地喜欢上了写作，一直有表达的欲望。

她如此向文学表白：青山隐隐，绿水迢迢，我站在文学的门口，窥见那门内流转的，是墨笔生香，勾勒出清风明月的韵致；梧桐细雨，西窗红烛，我站在文学的门口，窥见那门内流淌的，是令人心旌摇动的浓愁与长情。

她其实有着一颗玲珑心，是个内心强大、外表柔韧的女孩子。

她说，妈妈对她语文成绩的要求很严格，动不动就命令她："把你的语文书拿出来，我考考你，看看能不能背出来。"每次考试，爸爸妈妈都跟她说："你不要跟我们说什么理由，我们只看你的表现。"只要刘芸的学习成绩一出来，她的父母就制成一张表，然后用一个箭头标出来，是退步还是进步……

由于父母的严格要求，她会静下心来，看一些书，写一些文章。

文字让她静下来,思考一些问题。

她最喜欢读鲁迅和林清玄的书。用语文老师的话来讲,鲁迅的文章篇篇都好,又都是比较难的,可以提高理解能力。林清玄的文章比较空灵,充满了佛性。

难怪刘芸的文章里徜徉着的情怀有点空灵,有点散淡,貌似不经意,却能感到她婉丽的心脉。

"诗越写越多了,童年留下来的习惯,我喜欢独自走在乡间,对着小溪吟诵,对着大树下欢跑的孩子'歌唱'。写诗使我多情,就算一朵小花的凋残,我都能编出一段小故事。夏夜里,礼花般灿烂的星空使我如痴如狂。从那时起,我发现我已爱上了写诗,长大成为一名诗人的愿望也更强烈。"在她的《心愿》一文中,我仿佛看到一位钟情于文学的少女,她拈花而眠,对月伤心。

生活就像花儿一样,是五彩缤纷的。

眼中的花朵

——记第三届浙江省少年文学之星张静雪

　　你是个特立独行的女孩,你用文字在行走,在你有些迷茫的世界里,你看到的是流光,是独行的女郎,是暗淡的花朵,是镜花水月里的模糊。你说,你的名字不全是与那场娴静的雪有关的,"那是因为我出生时很吵,那天是大年三十,确实下了一场雪。"这多少令我觉得意外,在我眼里的你,应该敏感得七窍玲珑,朴实得有如白纸,但我错了。事实上,你是一个让人有点摸不着头脑的怪姑娘,你说你喜欢在睡梦中构思,喜欢表现悲伤的情境,喜欢多愁善感。

　　你写女歌手,"她的嘴角勾起一个细小的弧度,如同初春清晨一朵悄悄绽放的花蕾,轻盈地停落在嘴角"(《独行》)。你喜欢花朵,在你笔下的女人都是绽放的花儿,她们心有千千结,却遗落红尘,她们风华绝代,一张口就是一个盛唐,一回头就是一个残明。她们的玲珑心装得下整个江山,她们是不食人间烟火的仙子。"她从臂弯中抬起脸,乌黑却无神的眼中瞬间光华流转,似乎凭空看见了大片大片的金黄向日葵,延绵了的深蓝天空,生气磅礴地占据了整个视野。"这些惊为天人的丽人,有着绝世的姿容,有着凄怆的厌世情绪,有着花朵般的表情与宿命。"巨大的花盘摇摇欲坠,花瓣漫天纷飞,迷蒙了双眸。"这个把音乐视为生命啼唱的歌手实际上就是你,喜欢思考的你,喜欢超越别人的你。

现在,你说你喜欢看书。你的那篇获奖作品《镜映熙影》以唯美笔调刻画了两个人——镜与熙,两个同病相怜的人,一个摄影师,一个模特;一个画匠,一个机械师。这两个似是而非的人相互呵护,惺惺相惜,两个清高的人各自映照,完成对对方的塑造。这个故事到后头才揭开真相,有着出人意料的情节,它神秘忧伤,尤其是对人物的内心素描,对时空隔离的陌生化,以及情节之间的迭变转换,多少具备小说的结构意识,交叉重叠,不免让人折服。你的文字犀利准确,描写入木三分,笔触细腻,心思独到,有着别人所不及的穿透力。"那日,阳光轻易地便扎透并不厚重的云层笔直地射落,向四下飞溅,金色的光芒仿佛是目空一切的张扬。"这样的文字仿佛是着色的画笔,准确、鲜活、犀利,我不禁惊叹,那么老到,那么深邃。这是一个初一小女生的文字吗?

你说,你的文字不是在模仿谁,你看的书多,积淀多。你告诉我说,你看得最多的是经典名著。当我问你是不是模仿新概念体,你说你只看过韩寒的《杯中窥人》,并不清楚新概念办过几届了。看来我的猜想仅仅是一厢情愿罢了。你的散文用诗一般的语言过关斩将,以高分从区里多篇作品中脱颖而出,在初选中获胜,在现场作文中异军突起,傲视群雄,在复评中拔得头筹。你是一个幸运儿,文学社那么多高手纷纷落马,独你手握大旗,傲视江湖群雄,成为新一届浙江少年文坛风云人物,成为校园小作家。

我问你,以后是否想向作家方向发展,你说不是刻意,随缘而已,要看学业情况来定。你很独特,思维常常不顺定式,你说,你的写作是自小开始的,小学时平平淡淡,不引人注意,你是一只丑小鸭,老师随便表扬一句,你就觉得已经蛮够意思的了。

　　你告诉我，你现在也在写，只是不刻意写，不勉强自己去写，顺其自然罢了。你觉得写作和学习是平行发展的，两者相得益彰。因此，你的学习成绩丝毫不亚于你的写作水平，你在班级里稳居前五名，年级居前二十名。在学校，你还是团支部里的骨干分子，是个小领导。在班里，你是个快乐的女孩，充满阳光。这使我觉得诧异，觉得不解。文字中的你，为什么总给人以凄悲和辛酸之感，仿佛一个诡谲的千年老妖！你笑着说："那是另一个世界，是我想象出来的，其实，我写《镜映熙影》就是在表达对知己的渴望，一个绝望的人，一个现实生活中的人常常有的一种孤立感，他们的内心非常渴望别人介入，希望被关心、被唤醒、被重视。我写了四天，改了两天，差不多一个星期吧。其实整体上还是比较阳光的。"你低头用手捻捻头发说。

　　你有一个幸福的家庭，爸爸是工程师，妈妈是工商局公务员。在这个家庭里，你在写作上获得了认可、尊重和鼓励，并获得看大量书籍的大好机会。你说，当你写作时，父母总是放下絮叨，听任你在房间里笔下生花，然后你把这些日常思考形成文字，一个偶然的机会，你用笔构建你的心灵世界。这些文字，获得了作家们的肯定，你过五关斩六将，一路绿灯，终于凭借扎实的功底成为一名佼佼者。你告诉我，你将会在这种肯定中坚持自己的写作理想，一直写下去。

　　张静雪，曾就读于杭州育才中学初二(1)班，心扬文学社社员，曾获第三届浙江省少年文学之星奖。

舒意轻扬一少年

采访俞舒扬没费多大劲，我的录音笔却很不给力，这回出状况了。第一次在102教室，人也空心也闲，俞舒扬倒是极为淡定，滔滔不绝，与我大侃文学，可惜我一点也没录下来。第二回在物理实验室，俞舒扬照样淡定，依旧滔滔不绝，我一边录音一边发问，不时还去看看录音笔，心里照样忐忑。半个小时的采访水到渠成。

俞舒扬是个怎样的孩子？我对他的初步印象大概有以下这些方面。

率真的天性

"我也不急，没有强求自己，比如要怎么怎么珍惜时间，以少年时的积蓄铺垫未来……能够心无所想，这是一种体验。"在《闲暇日》一文中，我读到这样的文字，心里就有点惴惴不安，他也太淡定了吧。俞舒扬说他喜欢写随笔，这一点有点像他老妈。俞舒扬的妈妈是一个作家，专门从事城建文学这一块。大概是有这样的家庭背景，造就了俞舒扬的"闲暇"。他的《沪行》一文写上海梅龙镇血拼："我浑身只差裤子没买，其余全换了一遍，满足得乱蹦乱跳。"寥寥几笔，把一个少年满足于新鲜事物的狂欢写得惟妙惟肖。

我跟他聊莫言获奖有人跟风的事，想看看他对此事的意见。俞舒扬又是一番高论："莫言获奖对于中国作家来说是一个利好。为中国人添光添彩了，子孙后代也觉得光荣自豪，大家都追捧莫言。中国人太想获奖了，于是纷纷效仿他，也不乏一些追名逐利的人，我觉得这样做是不好的。这些人否定了以前的写作模式和思维模式，把自己强行卷入莫氏写作风格中，这样造成的影响是极坏的。"

我惊诧于他的率真，一个15岁的男孩子能有这般见识，快人快语，痛快淋漓，实属难得。不苟同，不随俗，在一边倒的"莫言潮"过后，也有敢说真话的孩子，这让我想起《皇帝的新装》里那个小孩子。

幽默的笔法

俞舒扬善用幽默的口吻写作，他的话总是充满智慧，闪烁着真理之光。"国家的心思我大致了解，就是希望多培养几代人才，以后和俄、美讲话多点底气，不至于畏首畏尾的。"这是《且说作文》中的句子，作者解嘲现在的考试作文，他揣度教育者的功利心思，有点辛辣，有点讥嘲。

他还善用夸张手法。《沪行》中有这样一段描写：老妈为了给我们父子拍照，轰隆一声，一个不稳，仰天倒下，屁股被大地温柔地摔成了四片。看到此处令人喷饭，这小子也太搞笑了，他那作家老妈也会被笑倒吧。幽默是一种智慧，貌似不惊人，常有惊人处。生活处处有幽默。文章中的幽默感更能使文章添色。

《落差》中写小学和中学差别：小学，吃饱了饭混天黑，游手好闲，悠然自乐，俞少，俞少，尽享风流倜傥；初中，成天忙得像条狗，火急火燎，上蹿下跳，舒扬，舒扬，好似末日逃亡（作业）。读到此处不觉为作者的幽默感所折服，令人想起韩寒笔法，钱锺书的解嘲：你要是觉得蛋好吃就可以，何必去管那只生蛋的母鸡是谁呢？这也就是俞式幽默吧。

犀利的思想

笔者问他流行文化如《江南style》与流行文学的关系如何。他说，流行文化如网络小说、闪小说是时代的产物。阅读这些作品也就是图一时之快，大家看过一遍也就是当玩笑一样过去了。这些作品很难成为千古绝唱，因为值得深思熟虑的东西不多。有些网络小说吧，单看看前几章你就知道后面的结局是什么了，经典名著就不一样，你看了前面的开头猜不到后面的结局是什么。中国古典名著，你读一遍是一个意思，再读一遍，感觉就跟前面不一样了，现在这些书吧，只值得读一遍，再读就没意思了。

俞舒扬说的其实是经典文学和流行文化的关系。笔者十分欣赏他的成熟老到，很多人崇尚快餐化的文化阅读，沉醉在《盗墓笔记》《斗罗大陆》这样的情境中猎奇猎艳，这种快餐化的文化阅读也形成了一种潮流。《江南style》歌舞的走红领跑了潮流文化，《斗罗大陆》也掀起了网络阅读狂潮。俞舒扬没有被冲昏头脑，他看到了流行之后的衰势，他对这种快餐阅读带来的功利深感忧虑。

对于当前作文现状，俞舒扬批评说，不同的人，不同的民族，都能感受到不一样的世界。那么写作所代表的，也是各种各样的心灵。那么有谁可以说，心灵是"文体不限，诗歌除外，不得出现真实的教工、学生、老师姓名，字数在600字以上"。这可以说是我们中国人独有的"特色"。将各种令人过敏的"药品"，强行注入学生的精神世界。这段文字虽有点埋怨多于理性，但也是小作者推崇思想自由的可贵箴言。现实也确实如此，考试作文太过功利，那种一篇文章定终身的写作背离了文学的率性自由，给写作者以禁锢，同样也束缚了真正的写作。

采访到此结束，而我对俞舒扬的关注将会一直继续。短短五年间，他从2007年《副班长撤了》一文入选年度《浙江小作家作品选Ⅱ—C》，到2012年7月，荣获第十三届中国少年作家杯全国征文大赛一等奖。还曾荣获2011年百名少年小作家荣誉称号、中国少年作家班十佳学员等，五年间俞舒扬获得了数十种荣誉。2011年下半年他当选中国少年作家班浙江省分会理事。2012年1月他成为杭州市作家协会青少年分会会员。

我问他今后有何打算，他仍然舒意轻扬地告诉我，像现在这样每个礼拜写作文，一直不停地写下去，参加各种比赛。将来他不会去专门写作，因为他的理想是去当一名公务员，公务员也需要写作能力，也是要训练说话能力的。当公务员一样可以写作，事业与爱好并进。

我禁不住会心一笑，这个小子不一般哦！

俞舒扬，曾就读于杭州育才中学。其作品荣获第六届"西湖"杯全国青少年文学作品征文大赛小学组小作家奖，第十二届中国少年作家杯全国征文大赛作品集二等奖，"为学杯"全国中小学生创新作文大赛复赛选拔中，荣获大赛初中组一等奖，第十三届中国少年作家杯全国征文大赛一等奖。曾先后出版《画锦堂集》《亦青集》，成为杭州市作协最年轻的会员，2017年，俞舒扬凭着深厚的写作功底，被清华大学加80分录取。

附作品选登

落　差

犹如诸位大神有过的黄昏,小学时代那个对学习信手拈来的我已经被历史的车轮轧过。过初中的通天浮屠,让我顿生一种挫败,一种曲折,一种力量的流失,一种风华的散尽。

这种莫大的落差,恰似天堂地狱。一开始成天鬼哭狼嚎,后来只当体验人生(反正一辈子就那么几十年,儿童节、青年节、父亲节、重阳节,很快就是清明节了)。就算是享受乱世红尘,毕竟神农尝遍百草,才成医皇嘛。但由于实在压抑不住对这落差的心潮澎湃,谨以此文,默默地以对比发泄一下心中的不满!

小学,吃饱了饭混天黑,游手好闲,悠然自乐,俞少,俞少,尽享风流倜傥;初中,成天忙得像条狗,火急火燎,上蹿下跳,舒扬,舒扬,好似末日逃亡(作业)。

小学,"我看看,我不看",做完了交,考完了笑,一样喜滋滋,傻乎乎地傲视群雄;初中,"我狂看我疯看",死活不交,出门"上吊",批卷人"没心没肺没义气",还给我个不及格(考试)。

小学,看老师横着看,跟老师对着干,老师出错往死里拽,争做老师"好助手";初中,老师身下不动,老师讲课不疯,老师失误不起哄,守成市间"小草翁"(桀骜)。

小学,说话昂头,走路踏腿,出门威风,返家轻松,谁人挡我,降妖除魔;初中,不许说话不许动,不愿露面,不耍酷,没有身价,不提风流(处世)。

小学,开开心心,高高兴兴,挤眉弄眼,冰雪聪明;初中,垂头丧气,黯然销魂,引吭高歌,触景伤情(心绪)。

除此之外,初中与小学的称号也大不相同,明显前者低调得多。小学:无常,疯狂,才子,光芒万丈;初中:搞笑,萝莉,惊人,风流坏少。(这是同学们在我QQ上对我的评语)

如今,初觉风霜的我才真正理解,好汉不提当年勇,少壮无知几多愁。小学的"会当凌绝顶,一览众山小",初中目前的"时人不识凌云木,直待凌云始道高",也算是给鄙人的骄狂和孤傲完成了一次洗涤和升华。难怪现在习作一日深沉过一日,这才晓得什么叫穷人的孩子早当家,我一夜之间就似家财万贯变成一贫如洗了。看着自己大概学学二十五(名),日夜愤青一十五(名),如痴如狂零一零(十名)的惨烈战况,我一时又想哭又想笑,又想跳又想闹。

哎,又有谁知?小小少年到六尺男儿的烦恼,人间正道是沧桑。

锦绣心下蕴雅趣

见到他时,竟然有点不相信这个温婉少年就是喜欢宋词的林渝凯。他在我的文学班里上课,几乎没有缺过席。碰到教他的老师,都说这是个知书识礼的少年,对文学几乎是虔诚得五体投地。

他用一段文字这样描述自己:每周,我总会排出一小段闲暇,或去古运河边走走,或在孤山寺北流连,静静品味时光在指尖流过的瞬间。

我就想着,这位才子真有点苏东坡的闲情。于是我想起这样一个踏花少年,他用行迹书写着诗行。前不久,他送了每一位老师一盆观音莲。他临走时一再交代:不要浇水,除非到迫不得已。

这位心细如发的男孩子,未免让我有点担心。他总是感怀嗟呀,是不是有点太"娘"了。事后我才知,他背后有一位母亲指点江山,而且无微不至。我还有幸品尝到很多好吃的东西——南瓜饼、蛋糕还有甜甜圈。有一次,我女儿品尝到这样美味的食物,以为我是在"九月生活"店购买的,嚷着要我带她去买。

我问他,你妈妈做的南瓜饼怎么这么好吃呀?他说,妈妈是个营养师。他这样说时,似乎有一种淡淡的自豪感。我察觉到这一种神态时,他已经下了车。

有一段时间,我很好奇到底是什么样的家庭,培养出了如此优秀的林渝凯。难道是高知之家吗?父母双双都是大学教师,见识过人,聪明绝顶。答案是我错了。林渝凯告诉我,他的家庭其实很平常。爸妈都是个体户。我不想再问下去,生怕他觉得难堪,估计就是像钱江市场里做生意的小商贩。他自己笑着说,他爸爸是个包工头,妈妈是个三级营养师,经常爱做点好吃的。

我惊讶:"那他们怎么这样重视你的文学爱好?"他笑得更开心了,露出装了牙套的牙齿,憨憨地说,其实他爸爸也喜欢文学,还有母亲也鼓励他。

我问他:"你对文学这么虔诚,是怎么看待文学的呢?"他说文学可以使人心灵纯净,让人喜欢它。

我惊讶于他的见解,心想这个少年不简单。

我问他:"你今后打算当作家吗?"他说:"想的,但我对比赛、发表之类的并不强求,文学只是出于个人喜好。"说到这儿,他仍然是一副宠辱不惊的样子。

读他的作品,就能感到他文字之下灵魂的跃动。"见过几次花开花落,就不知不觉地在尘世间走过了几个春秋。正值年少的我们,在暖春的花海、绿树之间徜徉,美丽的景色让我们流连忘返。我们的青春里,充满生机与乐趣。但有谁想过,若到暮春来到时,落红飞舞,春将逝去,美好的日子也将渐行渐远,仍爱玩的我们,将何去何从。"

这段文字让我有些震惊,这位少年有点"为赋新词强说愁"吧。实际上不是这样,在他一颗锦绣心下,掩藏着多少微微的伤春情结我不得而知,大凡文学少年都有点敏感多愁的,否则不足以伤怀嗟呀。

"我们的手紧紧地握在一起,当我抽丝般带走我的手时,似乎同时也抽丝般带走了我身上一半的欢乐。比赛胜利时的欢笑,考试失利时的哭泣,在这一刻,都化作一缕轻烟飘散在空中。"(《当我面对离别的时候》)

读到这篇文章,我突然就有一种莫名的感动,是的,这个少年的缱绻情怀,丝毫不亚于当年北宋那个走在西湖边的苏大才子。"水光潋滟晴方好,山色空蒙雨亦奇。"倘若是我,也会捡起一枚地上的落叶,仿佛一下子就读懂了从春天到秋天的距离。

林渝凯喜欢这样的诗句:暖春闻莺歌,盛夏赏莲荷,深秋拾黄叶,寒冬登雪阁。与文学结缘的孩子,都有一种雅趣,看似痴,实则智。大智若愚。

林渝凯,现就读于杭州高级中学。曾有作品获第20届全国奥林匹克作文竞赛三等奖,第9届为学杯全国中小学生创新作文大赛的一等奖,第5届鲁迅杯作文大赛二等奖。他先后出版了《暮雨朝云》《我们会再相见》等书。

附林渝凯作品

当我面对离别的时候

有些人,有些事,令我们难以忘怀,那些童年时随风而过的浮光掠影,那些青春前转瞬即逝的流光溢彩。有时候,我坐在沐浴着午后阳光的秋千上,看着树影在地面上缓缓滑过,时光就这样一分一秒地流走。那些不管是喜是悲的往事,都已化作一席落寞的回忆和一摊破碎的剪影。它们都已穿过了一个叫时间的沙漏,静静地躺在下面等候,等候着倾斜而下的时光将它们掩埋,最终消失在我的视线之中。

我深知,在岁月纵横的路口,总会有人要先行一步。在这小学的最后一段时间中,时光犹如一趟开往未来的列车。我和同学们终将变得形同陌路。

我们的分别在一次夕阳西下的黄昏,落日的余晖给天边镀上了一层耀眼的金光,天空中飞过的一羽信鸽同样无言,那西方的一隅天空被一抹残阳染红。阳光下的石板路还残存着夕阳的余温,河面上波光粼粼,太阳的光线映在水面,随着水波而闪动。我就在这场景下挥手洒泪告别我最要好的同学。我们的手紧紧地握在一起,当我抽丝般挣脱我的手时,似乎同时也抽丝般带走了我身上一半的欢乐。比赛胜利时的欢笑,考试失利时的哭泣,在这一刻,都化作一缕轻烟飘散在空中。

六年的时光,都在这一刻结束了,被画上了一个圆满的句号。明天的太阳照样还会升起,只不过明天的我们,就再也不会在阳光下相聚了。

斜风洗净微尘,就像针,交织着,在夏日前划破暮春。

在时光淙淙流过的罅隙里,我脑海中再次浮现出同学们灿烂的笑脸,同时也想起了那天,夕阳西下的分别。那一天以后,原来成群回家的同学们,就只剩下了我一个人。

现在回想起来,我有太多的话没有对同学说,有太多的海誓山盟没有去实现。可那些都已是往事,都已是曾经的过去。我再不可能回到过去。就让它们成为美好的回忆吧,是忧伤,亦是美丽。

是夜,初夏凉爽的晚风吹拂着我的脸颊。我站立在飘窗之上,望着远处点点的霓虹灯,但并未沉醉于这座江南城市的无限繁华。不断从窗口吹来的晚风吹拂着我滚烫的面颊,吹干了我流下的点点泪珠。我闭上眼,泪珠不由自主地再次滑落。

那天,我终于明白,在我们漫长的人生道路上,总会有一些人与我们相聚,又总会有一些人和我们分别,有聚有散,有笑有泪。这样的人生才是最精彩的人生。

静若处子 较真务实

——文艺女生朱瑾文印象

她的安静是本真的。有时候你走近她,她几乎感觉不到你过来。她在忙她的事,一直很忙。课间,别人三三两两,凑在一起说点什么,唯独她,一个人坐着,要么看看书,要么写点文字。她绝不参与群体活动,也不愿意去和别人聊聊什么的。她就是这么一个人,她以为这一切有点形势大于内容。她跟别人确实有点不一样。

说她清高也好,超脱也好。在老师眼里,她又是一个勤学好问的人。才刚刚下课,她是第一个追着笔者问问题的,问得有时候笔者都觉得烦了。怎么了,打破砂锅问到底吗?她就朝你一笑:"老师,我再问一个。"那时候,你能说自己很忙吗。她问的问题也有深度,而且要么刁钻,要么是质疑,不是一下就能回答得出来,于是笔者就想,这个女孩也太执着了。

笔者在电话里和她妈妈聊天,妈妈只是一个劲地说,女儿理科还要努力。说实话,文理科兼顾,又都优秀的孩子,在我们这样的班级委实也很多。笔者就说:"多给她一点时间吧,她属于那种勤奋型的,自己知道什么时候该努力。"朱瑾文的妈妈是大学老师,教小教专业,一直很忙,有时候还带学生实习,忙起来就没时间管自己的孩子。但不管怎么样,朱瑾文妈妈对自己女儿的关心还是非常多的。笔者经常能收到她文采斐然的微信,表示感谢老师的付出。最近推荐朱瑾文出版专著,她妈妈就说:"我把她的每一篇文章都配上照片,发给你。"笔者着实感动于一位母亲那种盼女成凤的心思。朱瑾文妈妈还经常和她探讨词语用法一类的小事情。朱瑾文说,妈妈很在意选用词语,为了用这个词还是那个词,两人有时还要争执一番呢。对于女儿的写作,妈妈尽心尽力,帮助修改作文,收集资料。当她觉得没有灵感时,她妈妈会给她讲故事,比如讲一些童年往事啊,街坊邻居啊,人生道理啊什么的。可见她妈妈非常重视孩子语文能力的培养。

朱瑾文说她还要感谢她小学时的语文老师,我没问她小学老师姓甚名谁。她说语文老师一直叫她圈画字词句,培养她的阅读能力。老师还经常在班里念自己的范文,每当老师念她的文章,她心里就有一种自豪感。从此她写作的兴趣就培养起来了,于是开始写好每一篇作文。当老师又一次表扬自己,她就觉得写作于她是一件多么自豪的事。

对于网络文学,朱瑾文说她不怎么看。笔者举了几个例子,如改编成电视剧的《花千骨》《甄嬛传》《仙剑奇侠传》等。她说网络文学雷同的地方太多,缺乏大爱主题。比如《甄嬛传》,宫斗剧都差不多,钩心斗角,套路化太严重。笔者笑了,就说网络文学也许是最终方向吧,将来进入无纸化时代了,买纸质书的价格只会越来越高。她说:"不会吧。纸质书可以让人长久翻阅回味,去评判思考。纸质书会让人静下心来,效果是完全不一样的。"看得出,这个小姑娘心地单纯,又有着自己的评判标准。

她说,有篇文章叫"丝瓜藤下的温暖",后来好像更名了。大致是小区里有一对老人,她不知道他们的名字,因为孙子叫申申,于是她就叫申申爷爷、申申奶奶。他们家种了丝瓜,藤儿长满架子。每当丝瓜成熟，爷爷奶奶就会把最好的丝瓜送给她们家，有人在的时候，爷爷会送到家里。家里没人，他们就给放到门口。直到有一天，申申爷爷得绝症去世了，那时她还在上小学三年级。爷爷走了，奶奶还给自己送丝瓜，把最好的丝瓜留给她们家吃。朱瑾文说话的时候笔者明显感到她有些哽咽，眼睛里有些明亮的东西在闪烁。笔者就想，感性是文学爱好者的水晶鞋。善良、同情心，乃至敏锐的洞察力都是作家应当具备的。

她还有一篇得意之作叫"倾听"，曾入选"2015中国学生作文年选"。开首一句便是"叶繁便是夏，花满自然秋"，凝练、生动、形象，后面写晴雨、桨声、黄鹂鸟儿。她从多感官着手，写大自然万物发出的声音，极有张力。当时笔者这样评价，先说语言整饬之美。"倾听为佳，且品味自然之美；清韵款款，试同歌陌上花来"，句句整齐，使文章锦上添花，美哉！再说修辞婉约之美。"心中那弯兰舟呵，承载着我遥远的梦，穿梭于青山绿水间"，将内心的舒适比作"兰舟"，形象写意。最后说意境优美，柳浪莺啼一段，将倾听的感受通感化为"轻音缭绕"，抒情写意，曼妙。文如其人，她实在是一个敏感细致的人，有着天真的幻想，同时又有一套笔墨功夫，善于捕捉生活，表现生活。

又忆江南

——吴隽煊文集序

　　最近一次见到吴隽煊是在去年某一天。她妈妈打电话说,有一张奖状要给我,后来吴隽煊来了,她把奖状给了我。我说:"你长高了,变成漂亮的大姑娘了。"她原本在育才中学读书时曾是我校心扬文学社的社长。她属于极有主见的乖学生,是班里的领导人——班长,又是学习上的优秀生。我和她交流不是很多,有几次在走廊上布置任务,我让她发一些杂志或者讲义资料,她都是认真地听着。在文学社期间,我介绍她发表过一些文章。她参加一些比赛,也拿过奖。后来她毕业了,在杭高读书,依然是文学社的社长。吴隽煊给我的印象是认真而且听话,有管理能力又肯做事情的那一种。

　　文学世界里的吴隽煊又是怎么一个人呢。她有深厚的文字功底。她的文字如她的人一样,纯净、优雅。这个对江南情有独钟的女孩曾两次撰写关于江南的文章,在我看来,无疑展现她作品的鲜明特色:质地温润、纯净如洗。高一时《素亦有清欢》写雨:"细雨含情,柔柔地轻抚江南独有的青砖黑瓦,沿着瓦楞间那仿佛特意为它留好的罅隙,汇聚成数股细细涓流,柔柔落在屋下的青石上",这里写雨,突出两个"柔"字,柔字里满含情意。同样,她初中时一篇文章《知江南》一样写了雨:"竟是如此轻手轻脚,柔柔地轻抚江南独有的青砖黑瓦,沿着瓦楞间那仿佛特意为它留好的罅隙,数股细细的涓流在此汇聚,汇成滴滴明亮的、澄澈的水珠"。比较起来,前者是后者的沿袭和突破,前者更突出"简洁",后者更显得"写意",多用修饰语。前一篇强调"浸于情丝",后一篇则刻意渲染。我判断前后差别主要是基于散文主题需要而为之。在第二节写夏意一处,《素亦有清欢》这样描写:"在巷子中坐落的客栈,有能够飘入清晨巷子中的杏花香,闻到那响亮的吆喝——卖杏花嘞! 老妇人挑着生活的担子,把自家的清香带给来往的人。"这样,"素雅"二字的特色可见一斑。而在初中所作的《知江南》一文中,她是这样写的:"在巷子中坐落的客栈,都能够有幸嗅到清晨巷子中飘出的杏花香,闻到那响亮的吆喝——卖杏花嘞! 明朝深巷卖杏花,这是也是对梅雨季节最好的告慰。"从文字中可以看出,吴隽煊显然基于主题的需要做了修改。后者更实,但语言没有张力,甚至稍显稚嫩,只有境,缺乏意。可见,文章是雕琢出来的,语言也是越磨越亮的。

我比较欣赏吴隽煊文章中的写意美,她往往围绕主题刻意渲染,既抒情又浪漫。如"小孩子开始贴窗花、贴对联,大人们忙着筹备年夜饭,走向来年。读书人有兴致,挈一小舟,访湖心亭,于茫茫天地之间,山长水远,万籁俱静",写"贴窗花""贴对联"等富有传统文化意味的场景,而写"赏雪"的场景则给人以"雅致"的印象,意味无穷,突出了特征。

吴隽煊比较擅长细描,写场景栩栩如生,不急不缓,颇有耐心。小说《守望岛的孩子》有一段场景描写就很有代表性:"他便感觉那是一个很热闹的地方。此时夜幕已缓缓地下来,河对岸的人家在这天也把屋子里的灯点得通明。明明灭灭的万家灯火,在暗暗的水波里,又拨开层层缕缕的明漪。河对岸搭了个戏台,布置不算太讲究,舞台上也只有一盏黄色的大灯,因为天寒,灯色的光晕里透着腾腾的雾气。"从小说主人公陆遥知的角度写夜色下的河流、万家灯火,以及搭建在河边的戏台。这一幕具有很强的视觉冲击性,仿佛扑面而来的夜风,把主人公带入旧日习俗的幻梦中去。这一段场景描写也极有感染力。在小说的结尾,陆遥知决定自己献唱,以传承文化。结尾的这段描写也颇有意境。"村民们的脸上仍映着柔和的黄光,台下陆老二的胡子一抖一抖的,红了眼眶。月光和灯光汇入河里,岸上光秃秃的垂杨那淡淡的影子,在水里摇曳着。坐在前排的小孩子们睁大了眼,听着陆遥知那悠远绵长的戏曲。"通过写陆老二的表情和月光灯火,融入作者细腻而又抒情的表达,将小说特有的意境美表现得生动可感。

吴隽煊的作品反映出广泛的生活蓝图。《小学时的小记者生涯》《对话麦家》《动物园里的海豚》《嘟嘟城体验》等,那时就可见一个孩子稚嫩的笔墨功夫。这后面有着家长的支持和鼓励,她的妈妈在浙报工作,悉心培养,为她在文学上铺开一条较为宽阔的路。初中时她的作品反映学校生活的五彩缤纷。《青春啊青春》里就有这样的场景描写。A伸手拍拍前桌B的肩膀:"吃的有吗?"B笑着拿出薯片,一群人拥向B的位置。C、D、E则约好了一起讨论假期里玩的游戏,谈到尽兴之处唾沫飞溅,不亦乐乎。当然,在育才这么优秀的学校里,不少学霸拿出自己心仪的名著开始阅读,还有不少勤奋之星以迅雷不及掩耳之势从抽屉里"刷"地抽出作业本,利索地摊在桌子上,抓起水笔飞快地写着……这就是吴同学眼里的初中校园百态:吃的、玩的、看的、练的。一个学校形形色色的表现被浓缩在一个班了,读来令人感怀,作者观察力和文字表现力可见一斑。对年的守望展现在她的诗作里:又一年看着寒来暑往/又一年数着鹜雁齐飞/又一年找着你的痕迹/又一年候着你的归来。朴实的文字,形象化的描写,流露出对年的憧憬。

她高中阶段的文字凝练、简约、生动,内容上广博,题材更多样。《过客》里对主题的诠释情怀缱绻:"在滚滚的时间洪流面前,谁都是那里的过客。只有对故乡而言,那才是归人。马蹄声哒哒,从山长水远而来,从万千世界经过,我们始终不知道马车帘子里的是归人,抑或是过客。"文章抒发出对个体与时间关系的个人思考,哲思隽永。《答案在风中飘荡》叙写对熟悉的城市的感受:"虽然城市无名,但在我心中他独一无二,无与伦比。我只要感受到这座城市的一丝丝呼吸,就想要拥他入怀,心中就有了他的名字。"这是在讨论我们的生存空间,我们和它融合得自然而又贴切,这种感受是生动而又深刻的。《修国学铸国魂》中对当前信仰的迷失做了思考,思辨色彩较浓:"目前,很多落后文化、腐朽文化向我们袭来,稍不留神就会迷失。市场竞争日益激烈,社会生存压力日益剧增,也许我们真的会不堪重负,物欲横流的社会里,我们更应该学会用精神文明充实自我,建筑抵御的城墙。"作者的见解是睿智清醒的,在这个信仰多元时代,唯有唤醒与回归,才不至于让我们的年轻一代迷失方向。弘扬国学,铸就国魂,担当大义。

这些文字,可视为吴隽煊文学创作的新台阶。她的视野和思想正在走向成熟,她的文风是温润凝练的,加上她孜孜以求的创作态度,以及在各大赛中脱颖而出的实力,我可以毫不讳言地说,这个女孩就是将来文学虔诚的守望者。

云天行旅

我行走在长江的画卷中
我用我的形色丈量着一个人的纬度
由西向东
我走入历史的渊薮
那里有巫山神话
江南名城
那里有玄色的歌
与月色和心潮陡涨陡落

生命是一条巨流河
那么多的开阔
从前 她与油纸伞和乌毡帽有关
如今 她把梦幻和誓言都交给了历史
而历史
从来都由人抒写传奇
在一道道天堑下升起虹霓
响彻在天地间

长江之旅

一、下江寻梦

没想到这么快就开始向往已久的寻梦之旅,7月18日中午,我乘坐CZ3438次航班经武汉中转至重庆,刚出站口,来接站的导游就说,欢迎大家来到重庆来"烤火"。在挥汗如雨的天气中,我突然有一种出来是遭罪的印象。导游把我们领上车,用她富有磁性的声音消解着我们内心的疲乏,她说,重庆有三绝:其一,美女多;其二,司机水平高;其三,夏天吃火锅。她解释说,美女多的原因,据说跟曾经作为陪都有关,抗日时期,这里有很多国民党要员,带来了许多官太太。后来,蒋介石去台湾地区,官员们规定,每人只带正房太太,姨太太都没法带去,所以,就有很多美女留了下来。为什么司机水平高呢?你想,重庆是山城,出门就爬山,你说人骑车,到了地方就成为车骑人了,反而多余。所以,这里路窄,单行道多,红灯也多。

说到这里,有人插嘴说:"不会吧?到这里开车,不要太舒服。"导游说:"关键是你没有重庆司机的手腕。"那倒是,到这里开车,C照是不够的。还有一点,教练没教多次爬坡转弯术。

为什么夏天吃火锅呢?一者辣得过瘾,流了汗身体更爽,二者火锅是重庆名片,不吃火锅,不算到重庆。导游的话显然起了作用,我们推翻了先前的约定,决定吃火锅。

在重庆吃火锅,使我们真正感受到什么叫麻辣。我们用的是鸳鸯火锅,就是说中间有一圈可以放底料。桌上放了鱼肉、牛肉、粉丝、牛肚等料,然后锅中是辣乎乎的高汤,辣味几乎让人晕厥,呛得眼泪鼻涕直流。几个同行说,想到火锅辣,但没想到这么辣。大家反复点了鸭血、牛肚等菜肴,辣是辣了点,也只好将就,现场气氛可想而知,一干人等,简直像是爬了重庆最高的山,上了最高的屋顶。杯盘狼藉,其情状好不豪放!

吃晚饭前,大家在人民大会堂边的台阶上合影,但见一个圆形穹顶覆盖着几重方形的汉白玉回廊,数数看圆穹三层,斗拱飞檐两层,方形回廊两层,加上正面8根立柱,高踞于市中心的高土丘上,庄严雄伟,蔚为壮观。我曾见过较多的大会堂建筑,那些建筑要么高大现代,要么开阔壮观,却没见过这么局促狭小的。想来是地窄空间小的缘故。我们在标志性建筑前照了张照片,看看效果一般,疑是闭眼,腆肚缩胸,有点老气横秋的架势。

晚上9点钟我们入住"世纪钻石"号游轮,据说是最好的游轮,甲板上敲锣打鼓,有表演的狮子舞,进去后看到,门边上还有弹钢琴的帅哥。外观上看,灯火通明,船身有110米长,白净亮丽。里面的装修用的是橘红色,跟自己家里的色调一致,心里升起了一股暖意。

拿到房间钥匙,将行李放好,令人满意的是房间还有个阳台,于是我掏出相机给夜色中的重庆留个影。我嘴里还喷着酒气,眼神有些游离,手上有些发抖,遂照出一堆抽象的符号,有的像蚕丝,有的像游龙,几幢高楼尤其写意,好像一幅抽象的现代派绘画,又像千蚕共舞。灯在水面上的折射也显得十分瑰丽,像是一条条游离的光斑,被夜行的船激起的水纹打乱。

上到甲板，北岸的灯更显游离，似一条游龙，在视野里漂浮。同事说，真美。

我对此报之一笑，这样的夜景哪有我的家乡湖南凤凰的夜景好看？在月光下，那就是一幅蓬莱仙山图啊！当然我没有去成蓬莱，不知道仙山到底美在何处，好在何方。只觉得，重庆的夜是一种辉煌美，是一种容易为大众所接受的美，瑰丽迷人。而我家乡的美，是一种秀气，是一种风韵，是一种别致。

用华美来形容世纪钻石号并不为过，我总觉得自己这辈子算是奢侈一回了。所住的船中是一个圆形吊顶，那垂挂下来的灯组辉煌无比。大概有四组灯管，呈四方形规矩地四散开来，又统一于橘黄的色泽中，估计每管灯有十来米长，成为整艘船最壮观的景致。他的四周，是一圈圆形的围栏，往东，是一级级的阶梯，阶梯是红褐色的，与白色的围栏基座互相辉映，形成奢华的色差，让人心生仰慕。各层的饰画也较有特色，比如第三层的民间剪纸图，既抽象又富有民族特色，让人浮想联翩。

在敬仰与满足的虚荣里，回到房间，我发现房间里的装饰是一幅字，上书"顺风顺水顺春秋"，心下顿时浮起"妙哉"的感喟，没想到这"洋"经理竟然很会装饰呢。当然，这背后一定有高手设计。

二、丰都探鬼

一早醒来，船已入丰都县境内，停靠在丰都南岸边，导游已在催促上船游览"鬼城"。整个山上都是寺庙，分为两个部分，一为阳界，一为阴界。阳界要简单一些，除了四大护法"风雨雷电"，其次就是如来像、观音像，还有一位迦南，说不上名字了。

同行说："你不拜一下吗？""拜什么，我从来不打算拜什么尊者。"

而且我发现这里的香火不似浙江永康的方岩,没有那么多的香客和虔信者。

走在奈何桥上,说是没结婚的走两步,结过婚的,30～40岁,走三步,50～60岁的,走6步,60岁以上,走9步。一时间,众人步态蹒跚,脚下不稳,瞻前顾后,闹了不少笑话。

再后有鬼门关、酒色才气四大护法、黄泉路、望乡台、天子殿等景观。印象深一点的属天子殿。两边的对联颇有意思,上联"凭他骗手段入门再难欺心",下联"任尔盖世奸雄到此亦应丧胆",横批"神目如电"。天子殿的正门由四根立柱组成,中柱嵌有"天子殿"四字,旁边雕有两位文臣。外柱两边是两幅图,分别为松鹤延年、喜鹊登枝。柱边雕有云脚,柱黑石白,黑白相衬。进得殿来,旁边各有黑白无常鬼,是等级最小的鬼差。再往里,进入大殿,但见两边生死判官,手拿生死簿,一人面善,相传他是索命判官,一人面恶,据说他是司辩判官,相当于检察官。两人表情生动,互为映衬。

再看阎王,据说是包公再世,专门负责冤假错案,公道苛严。阎罗殿阴森恐怖,阎王身披红衣,面色森严肃穆。在黑暗中,那双眼睛尤其恐怖,怒目圆睁,眼似铜铃,似要看尽鬼界纷扰,以判定是非,还鬼以公正。

下得山来,走的是还阳界,导游说,大家要笑着出来,方能驱尽鬼气,还以阳气。另外,我们换选择了走右边的金桥,据说可保平安、健康、快乐。

告别丰都,我无意间在一张宣传图上看到有关介绍,说是山的另一侧要修玉皇峰。要展现所谓的"天宫文化",看上去那儿仅有一个汉白玉的人头而已,不知道几时开放。记得导游有句话,信佛与信鬼都是信仰。所不同的在于,信鬼,它激励人们讲求因果报应,信者有,不信者无。信佛,它是一种哲学,告诉人、事、物皆有轮回,其实就是相对性、偶然性。

我觉得导游的话是在理的,信仰既然是一种精神需求,那它就存在合理性。以前我们相信善有善终,恶有恶报,这不仅仅是宿命论的哲学,也是人伦学的法则,一个社会有一个社会的世俗哲学,或者说道德准则。托尔斯泰在攻击封建专制的同时,也对俄国的社会主义先验论抱以微词,那便是他身上的改良主义与保守思想在共同作用。所以在《祝福》中,祥林嫂的悲剧实际上就是信仰在一个人身上的表现,这种表现显得纯真而又古怪,其实也是有据可循的。

三、钻石风韵

当晚,世纪钻石号的船长和经理为我们举行了盛大的欢迎酒会,我记得船长的名字叫唐镇,经理是个老外,好像叫阿夏之,长相绝对欧洲化,鼻梁高耸,大腹便便。一干人等聚集在五楼娱乐厅等待众人,倒酒碰杯。这些人穿戴整齐,正儿八经的样子令人想起电影《泰坦尼克号》。进去后发现众人已坐定,船长等人同我们一一碰杯,再三寒暄。聊了一阵子我们又转移阵地至二楼餐厅正式开餐。

这里的西式吃法比较符合自由主义原则,那就是,你喜欢吃什么自己拿,当然我们还是比较倾向于你来我往,其乐融融。迎接餐是订制的,你一份我一份,这里的牛排烧得好,烤鸡也香,大家吃得不浪费,这倒挺经济。

我至今对八点半的节目赞不绝口,这样说毫不夸张。先是主持人唱了曲外国歌,旋律轻快。然后是民族舞蹈《中国风》,四个女服务员跳的曲目。最精彩的是川剧变脸。这一曲变脸伴随着民歌,但见演员一会儿亮出青脸,在一圈锣鼓声中,随手一拂,又是一张红脸,或奸佞诡谲，或忠肝义胆，或风生水起，或沉静安宁。直到最后，当那张真实的脸露出来我们才恍然大悟，那不是按摩室的师傅吗，怎一个功夫了得！

当四只蝴蝶翩翩起舞，我们明白肯定是《梁祝》，这会儿那两个主演出场了，一看那不是端盘子的小师父么，还有女孩，是主管或者领班。两人配合默契，心领神会，每一个动作都显得游刃有余，颇有专业水准。接下来是变魔术，一个帅哥推着架子出来，转眼就把手中的绸子变成一只白鸽子，那鸽子还温顺地抓住架子，眼珠子朝观众滴溜溜转悠。魔术讲的是眼疾手快，只见他把绸子变成红白相间的两根后，接下来又变出一只白鸽，真是妙哉！快哉！

四个女孩的藏族舞蹈表演活泼，掀起了节目高潮，女孩子褐色的船帽和舞蹈藏服，以及脚上的小红靴，还有脖子上的藏珠串都十分漂亮。在《青藏高原》的节奏声中，她们或舞动四肢表现劳动画面，或舞出心中自豪情怀，非常精准，不亚于大型专业演出。她们谢幕的动作很有特色，是标准的藏礼，头扬起，虔诚地用两掌举出献哈达的动作，让人禁不住身游万物，沉浸其中，仿佛置身于藏区，接受藏族人民的邀请，一起欢乐庆贺。

接下来的舞蹈《厨房进行曲》则幽默诙谐，四个小伙子表演出各种厨房烹饪画面，一会儿像是切菜，一会儿像是翻炒东西，一会儿又像在烧汤添火，一会儿像在煎炒放盐。其情状生动无比，动作又有种西式幽默，夸张而可笑。

这是一场盛会，比之于第二天的送行盛会，后者显得更加现代，更加激越，演员还是那几个，但仿佛变了个人，他们的舞蹈风格则更加欧化，富有时代感。我记得有个服装表演节目，生动地展示民族服饰风格，以及现代男女的自由洒脱，非常不错。

船上三日，我们在品尝盛宴的同时，同样获得了强烈的视觉享受。试想，和一群能歌善舞的小伙子、大姑娘在一起，你能不高兴而且陶醉吗？他们的服务是体贴周到的，连出门参观，回来必有凉茶毛巾相待，出门叫你小心头上，还在门框上绑了块垫子让你小心，这种关心呵护是体贴入微式的，也是发自内心的，让我们真切地感到宾至如归。

四、三峡览胜

瞿塘峡、巫峡、西陵峡合为三峡。上午八点多，登上船上甲板，导游帅哥用两种语言介绍说瞿塘峡是三峡中最短的峡谷，东起巫山黛溪镇，西至奉节白帝城。全长虽只有 8 公里，却是最耐看的峡谷奇观。

在我看来，瞿塘峡的狭窄确实突出，船在两岸连山之中急行，仿佛走入一条狭窄的走廊，江北面为"赤甲山"，山势巍峨，石崖呈现出一种灼目的红，看上去像一块被涂红了的画布，左岸白盐山竦峙在江南，一江夏水，也像被搅浑了的咖啡，在脚下急急地流淌。导游说，瞿塘峡地势险要，古语"西控巴渝收万壑，东连荆楚压群山"，说的就是这个意思。

今天的瞿塘峡，虽然也有险要的气势，但这种气势已被打折扣，当水位抬高至 145 米之后，我们看到，三峡的许多古文物已被淹没。比如，两岸的摩崖石刻，"夔门""瞿塘"，还有诸多名人真迹，至今已淹到水下，成为旧日风景。政府对此的解释是，从大局入手，尽量搬迁，至于风景名胜，能保的当然保，不能保的，比如摩崖石刻，只能忍痛割爱了。后来导游告诉我说，这些石刻已切割，被原样上移至吃水线上。"瞿塘"乃清张伯翔书，"夔门"隶书乃刘心源书，冯玉祥将军书"踏出夔巫，打走倭寇"八字犹显豪壮。另外，南宋书法家赵公硕《宋中兴圣德碑》全文980字,碑高约4米,宽近7米,字体端庄、笔力雄健、堪称奇珍。

巫峡东起巴东官渡口,西至巫山县大宁河口,全长45公里。巫山以"秀"著称,它绮丽幽深,俊秀无比。江流到此,由于有十二座峰峦阻隔,给人以江流千转、百折千回的印象。

诗曰:"放舟下巫峡,心在十二峰。"巫山山脉位于川鄂境内,北连大巴山,呈东北—西南走向,主峰海拔2400米,长江由西向东横切巫山背斜,出现了近百里奇观。巫山是我国著名的暴雨区,石灰岩地貌,长期在风雨侵蚀下,形成了姿态万千、气势峥嵘的地貌特点。

十二峰坐落于巫山县东部的长江两岸,江南江北各有六座峰峦,江北峰为登龙、圣泉、神女、松峦、集仙、朝云。此六峰一一可见;江南六峰的净坛、起云、上升隐于岸边山后,只有飞凤、翠屏、聚鹤三峰可见。

十二峰中最有名的当属神女峰,远看上去像三根手指,最纤细的那根,颇似一个亭亭玉立、美丽迷人的少女。每当峰顶云烟缭绕,那人形更显俏丽,她披纱戴巾,远望朦朦胧胧,含情脉脉,美丽迷人。加上每一天她最早迎来朝霞,又最后一个送走夕晖,所以人们又管她叫"望霞峰"。神女峰的传说颇多,一种版本传言她是王母的小女瑶姬,当时三峡有十二条恶龙作怪,瑶姬便邀集了其他姊妹斩龙,又向大禹授天书,以消除水患。当然,仙女们再也回不去了,便化为十二峰守护三峡两岸,神女峰便是瑶姬所化。人们在飞凤峰修了座凝真观,纪念她,称她为"妙用真人"。而山腰的一处平台,即为神女向大禹授书的地方,叫"授书台",即便水上涨,如今毛泽东的"神女应无恙"倒成了一句箴言。

在我看来,巫山的秀、奇是它的突出特点。我注意到那些披挂在石块上的小树,我会想他们是怎样长上去的,如果说是鸟儿嘴里掉下的种子长成的,那得感谢那些鸟儿,是它们将生命带给了峰峦,有了树的苍翠,雨水才肯留下来,石头上长出了生命之绿,长出盎然生机。如果是树本身攀爬的结果,那么,要感谢生命创造了奇迹,在亿万年的繁衍中,是阳光、风雨、树根、空气共同的孕育,作用于一棵树,然后发展为两棵、十棵乃至更多。

巫山的奇,表现在山石的峻峭、峰峦的搭配。你看,神女峰仿佛是从峰峦上长出来的纤纤玉指,"其石彩色形容,多所象类。"郦道元在《水经注》里早有描述,登龙峰好似一条爬动的游龙,集仙峰也像翩翩的先姝,一切皆有仿象,的确形神俱在。其次是山势陡峭,李贺诗曰:碧丛丛,高插天,大江翻澜神曳烟。其中言巫峡之高独有形容,有几处南北走向的山脊忽然像一头雄狮横卧江前,让人困顿之余感到自然鬼斧神工的创造力,佩服江水决然不惧的威慑力。这里,巫峡的奇险也可见一斑。

西陵峡虽长,它东起宜昌南津关,西至秭归香溪河口,全长66公里,但由于三峡在这一带蓄水较高,故而刘白羽笔下的"三滩""四峡"已逐渐永沉江底,"西陵滩中行节稠,滩滩都是鬼见愁"。葛洲坝修成,泄滩、青滩、崆岭滩成为只能想象的情景,而三峡蓄水之后,如今西陵峡,倒是"千里江陵一日还"了。一个多小时仿若一场清梦,静看两岸许多人工的输沙管道林立,一船船石沙从这里运往各处,西陵峡已失去了诗意和悬念,倒是"高峡出平湖"又成了不变的现实。

途中我们还去了神龙溪,船在清清的溪水中前行,船工号子以及导游小姐教我们唱《六口茶》的情景,至今仍历历在目:"喝你一口茶呀,问你一句话,问问你个爹妈说,在家不在家。你喝茶就喝茶呀,哪来依多话,我的那个爹妈说,已经八十八。喝你两口茶呀,问你两句话,问问你的哥嫂说,在家不在家。你喝茶就喝茶,哪来依多话,我的那个哥嫂说,已经分了家。喝你三口茶呀,问你三句话,问问你个姐姐说,在家不在家。你喝茶就喝茶呀,哪来侬多话,我的那个姐姐说,已经出了嫁……"导游用她纯正的方言一句句教我们唱歌,一船人像小学生般认真而又开心地跟唱,这情景加上艄公划桨,水面激扬,在两岸青山翠绿的倒影里,组成一幅和谐的风情画,萦绕在游览者的心中。

事后,导游出示了一本书,还有一张碟片,她说她叫鞠晓燕,她的歌也刻录在里面了。她还指给我们看,在一大群小姑娘照的合影里,我们依稀找到她的影子,也不知是不是她。感觉这次三峡的意外收获是,我们一群同事在地道的名歌里,找到一条通往"家园"的路,而这位导游小姐,就是把我们带进心灵故乡的导路者。刘禹锡有诗曰:"南人上来歌一曲,北人莫上动乡情。"面对此时此景,确实让我们浮起一种浓浓的怅惘的乡情来,刘禹锡是在白帝城,面对白盐山下的长江,我们则面对的是一川碧绿的神龙溪啊!

游完全长193公里的三峡,我的总体印象是峰奇山秀、百转千回。穿行其间,"山塞疑无路",忽而"湾回别有天",一路上,尽览山水林泉,相互映衬,变幻无穷。

五、大坝写真

相对而言,修建三峡工程利大于弊。

1931年至1935年,长江曾连续发大水,死亡达十几万人,受灾上千万人,武汉就曾泡在水里三个月之久。一幅图片表明,当时武汉人撑着船在自家门口取东西,而取出来的东西已被水浸泡得发胀,毫无用处了。在这样的条件下,有志于改善川江航道的海内外人士,很早就提出过修建大坝的事宜。

1921年出版的《建国方略》里,孙中山曾描述过建电站计划:"自宜昌而上,入峡行,约一百英里而达四川之低地……改良此上游一段,当以水闸堰其水,使舟得溯流以行,而又资其水利。"实际上,孙先生早在97年前就已充分认识到我国长江水利资源蕴藏量居世界首位,而三峡就占长江五分之二。1944年,美国专家萨凡奇看中了三峡,提出由美国投资,用三峡发电的一半每年制造出500万吨化肥,廉价销售给美国50年,作为投资偿还。这个"YVA"计划最终没能实现。

1953年,毛泽东乘坐一艘从旧政府手里缴获的军舰巡视长江,再一次提出在三峡修建大坝的设想。1954年,长江中游发生特大洪水,损失上百亿元,京汉铁路中断100余天。1956年,毛泽东在有名的《水调歌头·游泳》中提出"更立西江石壁,截断巫山云雨,高峡出平湖"的伟大构想。1958年,周恩来总理亲自率领专家勘察坝址,确定方针,等待时机兴建。1970年,三峡工程的航道梯级、反调节水库——葛洲坝水利枢纽工程动工修建,1991年通过验收。

1980年,邓小平视察葛洲坝。1989年,江泽民视察葛洲坝,勘察三峡坝址。1992年4月,全国人大批准了兴建三峡工程。1994年,三峡工程正式开工。2002年,三峡明渠截流成功。2006年,三峡全面建成。2009年,三峡水位将升至最高点175米,毛泽东预言的"高峡出平湖"的画卷,展现在世界人面前。

建成后的三峡工程实现了几个"之最"——世界上防洪效益最大工程,发电量最大工程,提高航运效益最显著工程,规模最大工程,最大的建筑物,最大金属结构,最大淹没面积。通俗地讲,年发电量1000多千瓦·时,相当于1991年全国发电量的八分之一,相当于十座大亚湾核电站,按中国十二亿人基数来算,每人每年增加70度电。工程动态投资为2038亿元,工期17年,建成第九年即可发电获益。

我站在坛子岭观察大坝工程,但见红白相辉映的大坝在阳光下气势不凡,远眺犹如天堑,飞架南北,此时正有两股洪水喷涌而出,像两条凌空飞出的游龙。导游说,若是在泄洪高峰期,可以看见江岸彩虹高挂,异常壮美。

我们奇怪观景台为什么像一只倒扣的坛子。相传大禹治水三过家门而不入,在神牛的帮助下打通夔门,开了400里水道,当地百姓以24头肥猪和一大坛米酒来犒赏神牛。行至三斗坪,却见神牛腾云而去,高山上留下个影像,大禹随牛而去,人们令巨舟在江中等候化为中堡岛,船上的肥猪化为24座礁石,而美酒被扣在岸上,化为坛子岭。每逢晴朗天气,微风拂过,酒香熏沉,令人心醉。

我们来到185米观景台,这里是参观升船机的理想地点,等水位在175米最高线时,我们将能切身感受到平湖景观。遗憾的是不能到坝上参观工人的工作场面,或者下厂参观发电场景。"这是不可能的,"导游说,"电站是军事管制区,怕的是有人搞破坏。"我们被严格搜身之后才让进来,原来就是怕万一出状况。

近坝远望,但见一江洪水此时已平静如初,此时是丰水期,江水浑浊,到了秋冬期则会清澈起来。坝顶上几架红色的起重机兀立不语,江岸上传来悠长的汽笛声,阳光下,青山如带,江岸静默。此情此景,让人回想起那些奋战在建筑工地上的工人们,他们披星戴月在这里流汗流泪,如今又匆匆而去,只留下一道美丽的风景。在这山水相连的人文风景形成之后,他们走了,不带走一片云彩,而这里,却成为一道举世瞩目的人工风景线。

我幡然明白,这就是傲岸的中国人啊!这就是惊天地泣鬼神,当初何其壮伟,如今又何其辉煌的三峡精神。远古有大禹治水,三过家门而不入,如今,有三峡民工,在坝区流汗,在工地淌泪,如今又化作一道彩虹,成为感天动地的醉人风景,长存于三峡大地!

武汉走笔

自宜昌至武汉需四小时车程。一路上,导游喋喋不休地讲解宜昌风光,宜昌古称夷陵,随着三峡工程的兴建,加上原有的长江第一坝——葛洲坝,它已发展为中国11个热点旅游城市之一。我们坐在车上目游三游洞,它背靠长江三峡的西陵峡口,面临下牢溪,相传白居易与其弟白行简、元稹会于此,同游此洞,并作《三游洞序》,后宋代苏洵、苏轼、苏辙父子三人上开封赶考,途径夷陵,来游于此,各题诗于此,人称"后三游"。三游洞是一石灰岩溶洞,洞中岩石千姿百态,蔚为奇观。

车子沿着高速向前急驶,两岸掠过江汉平原的典型景致,田间有鱼塘,齐膝的稻苗分外碧绿,还有一些白杨树,整齐而规则地排列,是一道引人注目的风景。我想,白杨树何止是风景树,早年茅盾就曾赞扬它"枝枝向上",是一种民族精神的昭示,我觉得,它还是一种生命树,它点燃了平原落日夕晖,引发了昳丽想象,它将生命的传奇书写得傲岸顽强,是不屈不挠的生命奇观。

进入武汉境内,我的心里浮起毛泽东的词句:"才饮长沙水,又食武昌鱼,万里长江横渡。"此番旅游,应该不虚此行吧。我们的行程恰好从汉阳至汉口,再到武昌,行遍三镇。郊区的池塘、草地和市内的繁华大街恰巧形成对比,如果说郊区是城市的肺,我能感觉到它呼吸的不易。在武汉三镇的繁华重压之下,如今城市已不堪重负,它们把触角不断向外延伸,争取一席之地,我看到一块牌子上写着"清新空气,蓝天碧水之地",就想,也许这就是城市最后的延伸地了,它被挤压得不轻啊。

晚上下榻的酒店在中山大道上,坐落于武昌街上最繁华大街上。记得傍晚吃饭的地方是一处异常华丽的地方,金碧辉煌,堪比白宫,汉白玉大理石柱子,中间是一个穹顶,有三层来高。廊道宽敞,地面光洁圆润,穹顶上的灯饰一为嵌进去的奶黄色的灯管,一为球形的灯群,虽没有"世纪钻石号"的大,但也显得奢华富丽。外观上看,酒店的形状是半圆形的,上面有很多欧洲传说中的英雄,穹形的门道将外廊装点得大气恢宏。我们不禁感叹,武汉人的酒宴文化,丝毫不亚于杭州,相比较而言,杭州的小巧一些,武汉的还要大气得多。

晚饭过后,已是华灯高挂。我们来到沿江大道,来到武汉外滩,此时江面上晚风习习,红男绿女在江边散步,时间近晚上九点了,这里却依然热闹。夜色里,有人下到江岸的水里泡澡,而旁边的牌子上写着:禁止下水游泳、洗澡。看来,人们要想抵制下水的诱惑,路还长着呢。夜色下,长江边依然喧阗,对岸的汉口一带,此时已没入无边的华灯之中,只有大致轮廓,还在夜色中时隐时现。

吉庆街是一处繁华街衢,导游说,这里有唱小曲的,演二人转的,说相声的。刚进街区,就有人围过来,殷勤相邀:"这里是芳芳酒楼,武汉最好吃的菜这儿都有,来来来。"再往前,果然看到有手拿唱本的艺人,小姑娘在招徕生意:"老板,点首歌吧,便宜。"一旦坐下来,肯定有的享受了。当一回"老板",叫上北方艺人来一个二人转。我们沉浸在第二天上午日全食的话题里,吉庆街一路上,任凭香味四溢:凉皮、武汉过早米粉、武昌鱼,还有来自全国的各种名小吃。我们只做了一回过客,便匆匆赶往中山大道,感受繁华,领略武汉人的夜生活。

　　第二天来到武汉大学,这里依山而建,标志性建筑是武大图书馆,碧瓦灰墙白石柱,篆书体三字"图书馆"显得沧桑古旧,校园安静宽广,我们走了好一阵才到珞珈山,一排排樱花树在7月的空气里一树荫凉。我们的思绪不由得回到当年的浩瀚岁月,武大学子肩负国仇家恨迁往异地,此地沦为日本人的医院,这些树就是当年种下的。如今时光不再,但那雄壮的抗日歌声依旧萦绕在耳际。

黄鹤楼寻鹤

到黄鹤楼已是上午九点光景,此时游人如织,大部分是为观景而来,也有为观日的,连导游都说,现在大家可以分散观日了,十点在这里集合。

我们来到黄鹤楼第三层观景平台,此时阳光钻入云层,全世界关注的"日全食"形成了。霎时间天色昏暗下来,黄鹤楼上亮起了景观灯,只见远方的"千年吉祥钟"景点也灯火辉煌,这个场景大约持续了4分钟。一刹那,云开雾散,普天光明重现,人们为之雀跃。

我朝着麻石台基走去。黄鹤楼坐落于海拔61.7米的蛇山西端,坐东朝西,楼高五层,为钢筋混凝土仿木结构。72根大柱支撑起楼阁,60个翘角层层凌空,一色的琉璃瓦富丽堂皇,斗拱潇洒大方,全楼所用琉璃瓦约11万块。每个翘角上均挂有金色风铃,风铃垂上带有四面风叶,无论风来自何方,即能发出浑圆深沉的铃响。飞檐角上是鲤鱼甩尾雕刻品,屋角下雕有龙头,其状细腻,檐边垂拱以云骨相撑,更显灵动之美。骑楼下的博风板间各有一块黑底金字楼匾,西面"黄鹤楼"三字为舒同所写;东面"楚天极目"为辛亥革命老人喻育之书写,另有"气吞云梦""南维高拱""势连衡岳"等楼匾。

走进第一层正门,牌匾"气吞云梦"四字为赵朴初撰,旁边楹联为刘海粟所写,传为吕岩题的:由是路,入是门,奇树穿云,诗外蓬瀛来眼底;登斯楼,揽斯景,怒江劈峡,画中天地壮人间。这副对联大气干云,想来吕岩仙风道骨,堪有脱尘之感,普通人难有此气概。大厅里有一幅高9米、宽6米的大型壁画《白云黄鹤图》,取驾鹤飞天之意。画面上一老者乘风而起,口吹玉笛,神情飘逸,下绘有清代形制的黄鹤楼,楼前人群浮动,有如送别,还似归来。人间天上,相得益彰。

第二层大厅里南北分别有壁画《黄鹤楼设宴》《孙权筑城》,前者交代周瑜设宴困刘备于楼上索回荆州的故事;后者讲述孙权迁斗鄂城,重修黄鹤楼,应对刘备的故事,反映了早期黄鹤楼的军事瞭望和指挥之用的功能。另外,大厅里还陈设历代黄鹤楼模型五座。

第三层大厅是一幅大型壁画《人文荟萃·风流千古》,描绘历代与黄鹤楼有关的著名人物,依次为杜牧——黄鹤楼前春水阔,一杯还忆故人无。白居易——江边黄鹤古时楼,劳置华筵待我游。刘禹锡——不见黄鹤楼,寒沙雪相似。王维——城下沧江水,江边黄鹤楼。崔颢——昔人已乘黄鹤去,此地空余黄鹤楼。李白——故人西辞黄鹤楼,烟花三月下扬州。孟浩然——夕登江上黄鹤楼,遥爱江中鹦鹉洲。共有十三人的诗词,有的豪放,有的婉约,有的思乡,有的壮怀,游人及但凡有登斯楼也,不由豪情满怀,思接千载,顿生壮哉感喟。

第四层为接待厅,内有《古黄鹤楼》壁挂一幅,四周悬挂启功、范曾等名家书画50余幅,厅内备有文房四宝,供游客即兴泼墨。

第五层有一组"江天浩瀚"主题壁画,共10幅,依次反映大禹治水时的彩陶文化、青铜文化、楚文化,以及三国时期黄鹤楼兴废过程等,其他几幅画分别为长江源流、上游瀑布、三峡风光、庐山奇景、太湖风光、江流入海及沧海横流,十幅画完整地再现了万里长江的自然人文奇观,体现了"永存"的博大内涵。正如沙孟海撰联:一楼萃三楚精神,云鹤俱空横笛在;二水汇百川支派,古今无尽大江流。

来到回廊上,西面长江大桥飞架两岸,一江碧水恢宏东流,浩瀚寰宇,瞬间大开大合,我深切地感受到人类文明改天换地的广博无垠。在我的视野里,武汉的高楼大厦新旧更替,均在这俯仰间化为一句清代萨迎阿所写的"古今无尽大江流"。

在黄鹤楼景区的其他景点,我们还领略了诸多的亭台楼阁,相对于主体建筑黄鹤楼而言,它们是不可多得的陪饰点缀。比如鹅碑亭,它因为有王羲之一笔一画写就的"鹅"字而闻名,后经考证,此字出于清人门镇国之手。此字碑置于形如弯月的鹅池东边,上建一亭,坐东朝南,高6米,木石结构,呈六角形,粉墙黑瓦,古朴典雅。"鹅"碑高2.5米,宽1.25米,亭左右各有一扇门,有南北贯通之意,又似天成,在此可观池中群鹅戏水,又可观绕岸垂柳,颇有苏杭园林风采。想来,此类建筑就是补黄鹤楼之缺,更添雄楼风采,蓄意而为之。

其他各处辟有费炜亭、留云亭、石照亭、仙枣亭、抱膝亭等亭榭,一山归来一山景,整座蛇山,因为有奇楼而更见深厚,因为有众多的亭台,显得愈发沧桑博大。

海纳百川奔流,楼衔两江雄厚——是我对黄鹤楼风景区的最终印象。

门前依旧夕阳斜

这是怎样一种绚烂——大片油菜花在舟橹边扑面而来,直逼你的眼,泛上心潮,而水依旧静默无语。在江南,在泰州,我找到一种光与影交织下的风景,直到坐上回程车,坐在家中案头,我的眼里仍然不住地着急打望那些本就轰轰烈烈、灼人心怀的花儿。

泰州给人的第一个印象是花红柳绿、宁静祥和。由于地处江苏中部,河网密布,加之受亚热带温湿气候影响,一年四季他都似一个平静祥瑞的老者,从容地迎接一拨拨海内外友人。短短几天行程,给我留下深刻印象的是菜花、桃花和茶花"三花"的芳姿,以及杏树、梅树、柳树、槐树"四树"的古朴,写意、恣肆地呈现在一个个游者的眼中、心上。

我尤其喜欢桃园里的株株桃花。在凤城河边,在采菱榭旁,在桃花岛上,那是怎样一种从容端庄的美啊!它们或披红吐蕊,或枝挂香腮,仿佛是在诉说那些前尘往事里的感动,我想起孔尚任的《桃花扇》,穿行在三百年前的花径里,在李香君、侯方域的凄婉爱情里感受一曲时代坚贞的影像。桃花是平民花,因而它也是最知人情暖人心的自然灵物。孔尚任在泰州的零落生涯——寄居破庵,三餐不知肉味。行走在典当铺前,"人情薄厚今宵见",孔尚任所感受到的是桃花流水春已去的落寞,黄卷青灯,一个读书人的书桌成了他寄寓梦幻爱情的温柔之乡，于是有了这一部"天上人间"而悲情四溢的千古名剧！

泰州给我的第二个印象便是书香绵远、历史厚重。这淮海名区、江左胜境带给我的不仅是桃花流水鳜鱼肥和时光飞逝的城市梦幻，而且，它似乎在告诉人们，你是为追溯这优厚的文脉而来的。明清两代的泰州，江苏学政主持院试的地方便在这里，有几个考生应举的蜡像简直可说是绘尽试场众生相，他们或搁笔沉思，或洋洋洒洒书写春秋，或胸有成竹、一脸坦荡，或久思不语、搜肠刮肚……试场即战场，人生风雨尽在几个小时内被缩水为幽阁方寸之隅。

我虽没有进过安定书院，但站在900多岁的古银杏树下，我仿佛在与胡瑗寒暄，与王艮神交，"出则必为帝王师，处则必为万世师""百姓日用是道"。他的话是那样淡定，犹如宴间鱼肉，把他的治学思想通俗化、民间化了，他为儒学届历久的清谈迂阔带来一抹馨香和浓浓烟火味。

在这里，一不小心就碰上名人，我与范仲淹邂逅，与滕子京握手，与郑板桥作揖，与梅兰芳促膝，与胡瑗、王艮对话，是泰州书院给了我这样的机会。从这里，新教育的阳光下走出来的人之中有的成了伟人，在文坛政坛上绽开为朵朵梅花。

泰州给我的第三个印象是清香悠远、物华天宝。且不说泰州政府对一批作家的盛情相邀，《泰州日报》《安徽文学》搭起这一座友谊之桥，我们这些来自各地的文人汇聚一堂，欣赏了歌舞、感受了生态节、会船节盛事。夕阳下我们摇橹会歌，在紫薇花和鹿苑间留下张张剪影写真并记录下泰州的物阜人和景异，我们惊诧于溱潼古镇的巷幽，梅兰芳大师的飘逸、艺苑馨香，不管是京剧的芳踪、评剧的浅白，还是范氏散文的荡气回肠，到这里，时光都停留在泰酒的甘洌、鱼米的鲜香，以及泰州人的盛情与豪爽中了。

"语言的面纱,遮盖着你的容颜,正像那遥望如同一抹缥缈的云霞,被水雾笼罩着的峰峦。"我想,用这一句泰戈尔的诗来表达我对泰州的认知,应是最好不过的赞誉了。

让我们把目光转向一座都市里的禅院——光孝寺。在如来金身与梵呗吟诵不绝如缕的当下,我从赵朴初先生的一阕词里寻找到我对泰州历史与渊源的兴趣:"州建南唐,文昌北宋,名城名宦交相重。"确实如此,八大山人墨画、祝枝山手书、寺藏文物《贝叶真经》以及角落里那口静默日久的南唐古钟。我在这种契阔中寻找自身与辽远的梵境之间的心灵偈语,那便是"文昌艺重佛缘",当接待师傅向我解释佛身上的万字符时,我才知道安泰吉祥原来在神佛与人间其实都是相同的。

如此,我对泰州投以一个外地人的默契,我今既来,我如远走,走留都似风。

再见了,平和淡定的泰州!

繁花相送到青溪

　　乌镇，茅盾先生的故里。印象中乌镇应该是一个田园风情浓郁的处所，水网密布，桑林遍野，蚕事繁忙。到了冬天，农民们在田间打蕴草，构成一幅朴素生动的写意画。乌镇是《林家铺子》诞生的地方，就像孔乙己和咸亨酒店密切相关，林老板同样拥有林家的摊面。沈先生的文学历程，也与这块古朴的水乡唇齿相依，是乌镇厚厚的文化底蕴滋润着文豪的创作灵感。由此，《春蚕》《秋收》《残冬》《水藻行》等一系列的乡土作品应时而生，伴着先生走进现代文学的艺术展廊。

　　我们去乌镇，正赶上一个凉爽的秋日。水乡的煦风迎面扑来，远远就看见水乡的青瓦白墙了，似乎还听到运河的桨声、闻到乌溪的带着咸腥味潮湿的空气，让人的思绪搅扰着、不安着、躁动着。

　　沿着河岸游走，细细品味着水乡风情。想象着当年少年茅盾架着乌篷船出立志书院远游的情形。茅盾说过："我的第一个启蒙老师是我母亲。"是的，茅盾的母亲陈爱珠，出身于世代名医家庭，自幼饱读诗书、知情达理、为人谦逊、富有远见。茅盾早年丧父，当时才十岁的他受到母亲无微不至的关怀。是母亲的抚养教育，使少年茅盾养成锐意进取的性情，那时候，茅盾读了很多的古书，积淀了丰厚的文学素养。

　　立志书院在民国初时改为学校，初任校长的为沈先生的表叔卢鉴泉,乡试举人登第。学校开办的几门课程对茅盾影响很大。如《论说入门》《速通虚字法》等,茅盾在这里度过了自己的三年初小并进入当时的植材小学。茅盾的小学作文被誉为:"十二岁小儿,能写此语,莫谓祖国无人也。"

从蜿蜒的岸边小路走上市街大路,不远处便是真观戏台了。当时我们正赶上戏台上唱戏。三三两两的游人在台下喝彩。据记载,茅盾幼年时曾于农历七月十五出城隍会时扮过一次"犯人",以替生病的父亲"赎罪"。童年茅盾一定是位戏瘾很大的孩子,他那时会不会也端坐于台下,津津有味地观赏着祈福祈寿的地方戏呢?

茅盾故居坐落在中市观前街十七号,是一幢四开间的老式楼房,分为东西两单元,前后有两进,里边陈列着写有茅盾生平介绍和家族概况的展架。20世纪30年代茅盾曾将老宅后边的一进深的三间平房重新修葺过,比较新式。他几次回乡曾在此写作,当年手栽的棕榈树和天竹仍生机勃勃。

茅盾故居周围,按照民国初江南水乡的建筑格局,重修保存了许多旧迹。《林家铺子》写到的那个地方曾被改为供销社售百货,观前街的其他铺面里,还有旧式的织机、纺纱机陈列,更有染坊,规模和张艺谋的《菊豆》里的大染坊相差无几。

这是一片被修整得不错的土地,古色古香,所有的格局是依当年的样子规划,假若先生有幸重访,一定会深有感触。我们在嘈杂的街面上行走,期待着碰上一个先生小说里的乡绅或者蚕农,然而这样的设想是不现实的,从长达三里的沿河街往上走,其间跨过了六座石桥,我们看到的只有水乡的旧貌和新景,先生在用他的语言告诫我们:《林家铺子》不复存在,如今的店铺生意火爆,人气旺盛。如今的蚕农也不用像《春蚕》里的老通宝那样,担心茧子没地方可卖了。世界在变,桐乡在变,乌镇也在变化着。

作家的情怀是火热的,对于这片生养他的故土,茅盾曾以不同方式多次给予关怀和支持。1958年,先生捐赠500元,资助家乡的一所民办中学;1980年,先生慨然相赠一批图书给乌镇中学;其间,先生为《桐乡报》和《乌镇日报》、乌镇电影院等题词题字,"乌镇电影院"几个字是先生逝世前两个月零十天时题下的,对故乡的文教事业,先生一直抱以热忱和厚望。

先生逝世已经三十七个春秋了,乌镇在"空门依旧对溪开"的哀恸中走出了窘境。如今,每年有数十万海内外游子踏花而来,瞻仰旧迹,缅怀这位文学大师。乌镇的水,依旧是那么青翠,乌镇的民居,依旧是那样古朴。"文摅两汉斗山才",乌镇以它深厚的文学养分,哺育着更为辉煌灿烂的一代代水乡儿女茁壮成长。

走进绍兴

"州城回绕拂云堆，镜水稽山满眼来"，我曾在元稹的诗里读过关于绍兴的描摹，似有一缕浓浓的乡情扑面而至。我来到绍兴，真真实实地踏上这块被文人们誉为"蓬莱"之地的越中乐土。

绍兴是一个小巧的城市，街窄、巷深。在都昌坊口、劳动路、和畅堂、古轩亭口，在车水马龙、熙熙攘攘的闹市区内，我们像几只扑入花海的蝴蝶，细细而陌生地描绘着绍兴的色彩，点缀着这秋日里明丽的一隅风景。人在街上走，仿佛一粒嵌进百宝冠上的珍珠，满天星斗里我们灼灼其华。闪过绍兴的河汉，挤进鲁家曲径通幽的庭院和逼仄的三味书屋。从一扇门楣中透视秋天，一顶小轿的背景里我们感知着鲁迅的家道流离。

绍兴的夜晚满溢着梦幻。在东湖，"从今若许闲乘月，拄杖无时夜叩门"，陆游先生把我们夜游东湖的兴致写得绝佳。当一行人迎着小桥烟水向深处攀爬，当大家小心翼翼过跳岩跨出襟怀，当情意绵绵的晚风诉说着相思与想象。我们四人陶醉于唐人的感念中。这是一个多么动人的夜晚，一个发人幽思的良宵。两岸陡峭的怪壁上披挂着一川银瀑——那是人工的杰作。由于采石匠的心灵手巧，它在让我们领略灿烂辉煌的石文化的同时，又颇诧异于人类千百年来开采自然、创设风景的灵妙智慧。飞檐翘角的人工建筑，使我们无不驻足喟然。稷寿楼、扬帆舫、绍兴画廊,情趣盎然,交相辉映,无不衍射着水乡的光华。

乘乌篷船,在片桨拍水的韵致中体悟陶公洞的水色天光。山如斧削,水似绿玉,郭老手书:"箬篑东湖,凿自人工,壁立千尺,路隘难通。大舟入洞,坐井观空。勿谓湖小,天在其中。"仙乐声里众人击掌大喝,听得深谷绝响,绵远无绝,真想放声高歌一曲《潇洒走一回》。

若去听湫亭一坐,拾级登山,也会有夜雨听天籁的浪漫。夜色阑珊里船移近霞川桥,见石桥上赫然有副对联:"洞五百尺不见底,桃三千年一开花。"这就是桃花洞了。石屋中局促停舟,观两岸石貌,有状似桃孔者,故能轻易联想到洞名。

因天色已晚,无暇对坐揽越亭、寒碧亭,在黑暗中观石壁,壁高千仞,颇得名岩之姿。据说当年电影《智取华山》曾于此取景,想来这东湖的名声是不虚的了。顾盼生情,真有一种"千年元气老,七日浑浊生"的感觉。虽非吼山石,而神貌俨然矣。

赏过石文化,改日再观鲁迅先生旧处。记得在咸亨酒店,摆一桌绍兴老酒,上的是茴香豆、臭豆腐、霉干菜烧肉、盐水煮鸡爪等几道特色菜。一面是"太白遗风"里千杯不醉,一面感受着"孔乙己上大人高朋满座化三千七十士玉壶生昏"的雅韵兴致。这"小店名气大,老酒醉人多"的谐趣幽默,大号不菲,难怪当年孔乙己先生会光顾此地,一次次赊酒而尽逍遥之兴了。妙不可言。

一碗酒下肚,满肚子学问和情意渐渐上泛,我回想当年越王勾践"卧薪尝胆"的执着与诚厚,慨叹这越中佳酿原离不开美的人文山水。传说当年吴越攻伐之时,勾践便用这酒做饵,醉倒吴兵无数,而积坛成山。一千四百年前,这绍兴酒已然成皇室贡品,南朝梁元帝萧绎年轻读书时,就以"银瓯"将这山阴老酒时常带于身边伴读过一个个寂寞孤独的日子,以自慰自勉。酒味浓郁芬芳,溢满情怀,醇厚甘甜,牵肠挂肚,这"平时酒价贱如水"的经营之道使平民化的绍兴酒如今享誉海内外,被评为中国八大名酒之一,行销国外,久负盛名。

是晚,在王文娟清朗婉约的越剧唱腔中我们入住柯桥一酒店。整个夜里,我的脑海总是泛起孔乙己大醉时那自信自娱、迂腐穷酸的身影。

绍兴的好山好水,孕育了无数的越中名士。从英雄大禹到著名大诗人陆游,从思想家王充、王阳明到政治家、军事家谢安,从书法家王羲之到画家徐渭,从教育家蔡元培到文学家张岱、史学家章学诚,以及一代名儒刘宗周,现代文学大师鲁迅,革命家秋瑾、徐锡麟……洋洋洒洒,一卷卷摊开来,绍兴的人文风采,可谓卓然昭著。

坐落在前观巷大乘弄内的青藤书屋,是一幽雅的居所,它就是徐渭先生的故居。书屋雅致,虽仄陋,却难掩书香妙韵。小天井内的花坛上,一棵青藤,盘旋而上,虬枝婆娑。相传此藤为徐渭手植,枝蔓盘曲,能遮盖方池。徐渭酷爱此藤,这与他倔强孤傲的性格是相吻合的。天井里有十尺见方的小池。徐渭称池"深不可测,水旱不涸,若有神异",这小池正中立着一石柱,"砥柱中流"四字为徐渭手笔。

书屋里陈列着徐渭部分诗画,如《驴背吟诗图》《黄甲图》《墨葡萄图》等。徐渭的画个性极强,泼墨写意,开一代画风。后世书画家陈洪绶、郑板桥、吴昌硕、齐白石对其画风大加赞赏,多有追随。

徐渭是一个全才,书法丰润飘逸,狂放有致,其诗文壮阔雄浑,剧作如《四声猿》开一代浪漫主义新风。

从书屋里走出来。在绍兴的暮色里,感受着城市特有的浓郁人文氛围,心灵早已摆脱了俗世羁缚。神游在这片蕴藉的山水里,久久不能平静。

海宁观潮

听说今天的潮水在十二点三十分到达海宁的盐官。海宁人喜谈潮，不独今日。潮水像一个独有的记忆，笼罩在海宁人的心头。海宁人谈潮时引以为豪，并升腾为一种向往。我们从海宁人的谈资里，首先想象着潮水冲击滩涂的景象，心便同海宁人一般，神往于记忆中。

这是一个阳光还算明媚的中午。我们乘中巴抵达丁桥。这也是看潮的佳处，据本地人介绍，今天的潮水是一年之中较大的一次。带着山里人头一次赶潮的浪漫，推断着排山倒海的气势，想象着潮水汹涌而来席卷一切洪荒的喧嚣，我们终于在汽车的颠簸中来到了观潮台。

长长的堤坝是一堵巨墙，它高出水面达七八米，堤坝以上，新砌着一道四五米高的石坎，据说这是今年新砌的防洪坝。为了防止突然而至的怪潮，人们加固了堤防，堤上的水泥石栏显得坚如磐石。在钢筋水泥的丛林间穿梭，它给人以安稳和夯实的感觉。

观潮的游客挤满了石栏。我们从石砌的豁口走下外墙，堤上已垂挂着一架高高的起重机，问旁边的人，他们说主要用于卸石，也可用于拖船救人。海潮平时不会到这位置，但经常有一些痴情的光顾者被冲下水，卷入汹涌的浪花里，成为被海舌吞噬的牺牲品。

我们在长长的沙滩上行走，这一道堤防伸入水面达十多米。可作为泊船启运卸货的栈道。平常总有一些海蟹爬动,它们忙乱的姿态颇为逗人。巨浪之后,这些生物使人油然思及自然力的不可抗拒。海潮是恐怖的,"漫道往来存大信,也知反覆向平流",它有规律,人就能掌握它。一只海蟹便能搏潮而泳了,我心里又多了份坦荡。

我们沿着海边垒砌的石阶来到平静的江岸边,伸出手去轻触潮浪,试图感受这江水的魅力,推断潮水的力度、韧性,但被堤坝上公务人员的哨声吓退,乖乖上了岸,上了高台,站在栏杆以内,因为潮水快要来了。

借着江面上茫茫的雾气,依稀可见潮线的影子。有一些老人在喊"起潮了"。但是喊声过后,江面上仍不见动静。

人们焦急地等待着,在等待中把内心的震荡和狂热尽量收拢。

潮来了! 远际的江面有一道微微泛起的潮头,像一只燕子的尾巴,成尖角状向岸边掠来,潮头的两边,是一米多高的道道长弧。这些弧线随着潮头向前,被引领和牵拽,整齐地推进,向江岸,向着人们期待的目光和内心扑来。

当潮头冲向江边的堤防,我们可以看见它吞没礁石和刮打泥沙的威力。它像传说中的巨龙,不择手段地、迅疾地用舌头舔着沙滩上的泥沙。潮退后,砂砾被它一扫而光。甚至连几吨重的大石块,也被拖移原处几十米。紧接着潮水再一次击过,它又夹带泥沙,将原来的地方推出更远更深的划痕。潮浪一次次击打堤防,使人感受到脚下所发出的喧响,仿佛千军万马呼之欲出,各种乐器编成交响曲一齐奏起。人们被这强有力的乐章震撼着,脚下的大地在摇晃!

山鸣谷应,整齐的潮头已过,一道道鱼鳍似的浪头四处碰撞。第一道潮击打在礁石上,翻身跌落,下一道浪头又向前推来,冲向堤岸,石坎,一次次怒吼、呼啸,水不停地甩向岸边,不倦地一次次撞堤、撞击砂坝,那些明朝的海防溃败下来,那些清朝的石条被推垮下去。据说早一辈海宁人在时,这里只有简单的几根柱子、几袋沙砾为屏障。潮水过后,这里便成了水乡泽国,水多则泛滥,沿岸庄稼饱受其害。人畜衣物在水上漂浮,不堪回首。一代名君乾隆皇帝曾拨二百万两白银修葺堤岸,至今还可见到一些江岸边扎下的木桩,在几百年的风雨中见证着沧桑。木桩都快腐烂,仿佛在回溯昨天,一拨拨人迎着潮魔在抢修海防。由于不懂潮水规律,有人扛着泥沙被潮拖走,有人在打桩时忽然失手,砸破下面扶桩人的臂肘,有人干脆拉着手,最终成为被洪水淹没的第一道堤防。可惜,这些堤防很快就被水击溃……如此反复,人们一次次与潮抗争,在水中挣扎的历史画卷可歌可泣。

我们沿着整齐的石坝往前走,直到一片田水湾,仍然能感觉到水浪冲击沙滩的勇猛。脚下刚刚停留,水舌就舔将上来。你一退,第二道潮又紧紧地咬上来。有时候,潮水冷不防冲进你的身下,将你浇个浑身湿透。我们在水边拍照,真真实实感受到了它的威慑力。

钱江潮以海宁为最。今秋的潮水虽然不大,却也足以让人一品盛世潮水的壮伟。这一奇观给后人带来的魅力是无限的。本地人用月汐现象来解释潮的变化,说月亏月圆变化影响到地球引力,江水以海啸形式漾东海水倒灌钱塘江,因此作为钱塘江入海口岸与东海接连地带的盐官等地,便形成极为壮阔的大潮。

观潮归来,心里一直被传说所感动。地方上有人对这样的故事津津乐道:当年,伍子胥因吴王误信离间之言被诛,死后,其魂魄不散,化为一江碧涛随江潮往来呼号。明人邢昉有诗赞曰,晓色千樯发,危涛万马奔。岂知此澎湃,中有子胥魂。

人们为什么喜欢观潮?千百年来,钱江潮被一代代诗人不断讴歌、礼赞。描绘晚潮的"东风吹雨晚潮生,叠鼓催船镜里行";描绘十五日大潮的"欲识潮头高几许,越山浑在浪花中""六鳌倒卷银河阔,万马横奔雪嶂高"。作为一种伟大的自然现象,人们借潮水的一泻千里而激发壮志:"吴儿弄险须臾事,坐看平流济万艘",潮水虽大,偏有苏南浙北少年迎潮而上,以显男儿雄心,以彰内心豪壮之气。

从潮水的自然力中,我们更能品悟到人生之中追求不息、生命不止的哲理。一种奋进的和恒久的内驱力在支使着我们不断追索,去实现自己的目标。我们去观潮,勇往直前,激发壮志豪情,像苏东坡所赞的"吴儿狎涛渊"——这是人生中完美的再现。我们去观潮,去赶潮,踏上时代的潮头,一步步,"弄潮儿向涛头立",去面对时代给予我们的考验,战胜困难,勇往而不顾,再强悍的邪魔,都会被击倒,屈服就范。

观潮,观的是豪气,这豪气,是吴越儿女力拔山兮气盖世的壮阔胸襟。

美哉,海宁潮!

戴山之行

自湖州至戴山,不过40分钟行程。我们一路上谈笑风生。宽阔的柏油路两旁,乡镇企业的金字招牌比比皆是。一望无际的原野上,桑树和遍地菜苗构筑着一道道齐整的风景,除此之外,便是中秋时节成熟的稻子,此刻它们在风中绽露着沉甸甸的喜色,跟农民脸上的笑靥一样舒畅。

戴山的格局是以山来命定的。一座土丘,这土丘高于四周,成了理想的居高观瞻之地。丘顶上是座用青砖垒砌起来的古塔。塔身千疮百孔,内部已遭毁坏。塔有八个角,约三层高,顶层长着数株稀疏的小树。修塔的目的是镇邪。塔的历史有多长,我们无从得知。为什么不稍加修葺? 也许是出于陈俗,或者本身并无多少知名度。塔在远远的平原之中感觉十分孤立。它像一个蹒跚的老者,诉说着曾经流逝的铅华,而在不久之后,一切将会随着它的坍塌而成为记忆。

一、织机的声音

走近村庄,听见片片织机的声音,像在弹奏着戴山的秋意。这里的农户几乎家家织布,每家均拥有两台以上的织机。特别到了入秋后,织机的响声不绝于耳。人登上船,在水网中穿行,暮色伴随桨橹的吱呀,你聆听轻舟划过水的声音与沙沙织布机的声音相和,你便感受到江南水乡的韵致。村里人介绍说：今年的布市行情不算太好。忙的年份，整个小镇都会沉浸在这片织机声里。

走进机房，看见织机，一架钢琴般的机器，此刻正弹奏着美妙的乐章。你想起《木兰诗》里的句子："唧唧复唧唧，木兰当户织。"织工伏在织机上劳作，多像贝多芬在弹奏着《月光曲》呵，如今，这一幕情景泛起人的内心向往。吴伯箫笔下的延安军民大生产运动时的纺车，场面热火朝天，劳动本身是至美至纯的。如今，织布的技术已经由脚踏手摇变成了全自动。社会生产力的提高，取决于生产工具的进步。这生动的一课比经济学论文更能说明问题。

据说，以前一匹布要纺半个月，而如今一匹40米长的布，只要一天就可以取货。人的智慧是无穷的。信息、勇气和勤劳的传统，是湖州戴山人的法宝。沧海桑田，日月更替，人们改造自然，生产的毅力自然传承下来。

在戴山，你能深切地感受到人类创设美、改造自然的法则。一匹匹用化纤原料加工成的衬布，它们作为美化生活、装点生活的丰富物质形式而存在。美是自然的，美与生活和劳动紧密相连。人类在纷繁芜杂的环境中，用他们的劳动和智慧，一步步塑造着生活意义上的美。

二、水乡色泽

船划过波光粼粼的水面，在水菱草的游移中前行。桨声摇着水色天光。简易的敞篷船，是用来打鱼的，船体用木板黏合而成。船舱里浸着浅浅的水，据说，船是应泡在水里的，否则，就会漏水。水里还养着两条泥鳅，时不时翻滚着身子。一片天光下，放眼处是个呈腰子形的湖泊，中间的水面上，浮着薄薄的一层水菱草，若探身抓起，浮出水面时,能发现下面有三角形的菱。贾平凹先生的散文《菱角》中曾提及菱的形状,说三角、四角、五角均有。向船夫考证,小伙子淡淡地一笑,说也许有。很快这话题被岔开了,大家戏水打趣,船在水中颠簸,胆小一点儿的女孩,战战兢兢地发出尖叫,这叫声惊得下游一些戏水的鸭子嘎嘎地欢唱着。鸭子肥硕,每只看起来足有十来斤,被人吓得弃岸入水,在水里追逐。有一些干脆躲进竹围笆内,啄食或梳理羽毛。

我打开相机,想给它们拍一张"玉照",可惜就是抓不住机会。丢石子入水,它们也不展翅,好不容易展翅扑飞,我却又来不及拍了,看来,这鸭子倒也害羞。

清澈的流水里,游鱼历历可见,鱼儿们在水中畅游,水滨的蓼花开得正艳,令人想起钱塘顾玉的《蓼花引》:"蓼花开兮,湖之秋兮。蓼花落兮,湖之涸兮。"水草长长的触手在摇摆,水上的菱草在漂泊,给这片水域带来丽日晴天。人在其中,作为美的点缀。人的影子投射于水上,成为波光里一抹鲜丽的景象。时近中午,湖面上起了一层薄薄的白雾,给这里的水域平添了神秘与秀美。

船上人家的生活自在而闲逸。我们可以试想这位小船主每天出船打鱼,在丽日蓝天下撒网捕捞,在云天浩瀚的背景里洒脱地观看水禽们的自在。小隐隐于湖,倘若能在这里结庐,岂不有陶渊明之福。此时若有酒,凭一壶一盏或吟哦或联对,该有多惬意!

小住的船上有彩电,有锅碗瓢盆,有床榻桌椅,生活用品一应俱全。真羡慕小伙子的轻松自在!

恋恋不舍里,我们告别了渔家小伙,踏上归船。一路上,渔家水一样的闲情与白鸭的嬉逐场面,在心中一幕幕漾开来,让人回味。

杭州情怀

我在西湖边照见自己的影子
看见春天妩媚的眼
以及一朵骄阳

所有的心情都随流水吟唱
往事纷呈　岁月像静默的佛陀
那些黑白的伤　那些彩色的欲望
此刻都已安阔

没有人了
没有大写的爱
心场上留下重重的时光
和鸟语

杭州的味道

一条古旧的街,将明清的余韵水一样延宕开来。红男绿女在二十一世纪的空气里游动,似一尾尾鱼,在花团锦簇的文明里招摇。

我们看到一条街的修复,便明白为什么杭州人突然一下子懂得了城市的味道,它有现代的摩天大楼,也应该有它自己的另类文化。

从开街那一天起,从吴山广场一直延伸到中河路的涌金立交桥附近,都市男女和外地过客在此间穿行,日睹着一条街的变化。我们说,它变新了,其实是变老了。

老有老的味道。旧时的杂耍一下子涌进了街,景阳冈酒家、保和堂、方回春堂、太极茶道、汉唐风韵……这些是特色铺面;梨膏糖、定胜糕、棉花糖、臭豆腐、酥油饼……这里有饮食文化;卖字作画的,卖扇风雅的,卖竹器具的,卖茶品茗的,卖古玩雕饰的,卖火腿腌烤的……这叫民俗古韵;龙泉宝剑、染织服饰、丽江工艺、佛偈法具、真丝面料、婚纱摄影、花轿古装……这叫经济搭台、文化唱戏。

夏夜细雨里,有情侣的双双携手,老人的气定神闲,中年的拖家带口,游人的搜寻好奇,打工者的逛逛走走,卖艺人的吆喝喊价,老街的韵律,是老街的延续。老街的学问,值得细细咀嚼。

青石板,铺来一路格调。宝璃灯,透着丝丝旧色。河坊街,用它本来的怀旧风情,冲击着我们的视觉,使久违的风光,敞开了几百年的襟怀。

很快就会看到那打更的老人了。老人一身戎装，有板有眼地敲击着锣，在清脆绵长的拖腔之后，"天干物燥，小心火烛"这样的物语进落到心里。这样的关注、这样的提醒，使你真正体会到地缘文化的内蕴。

不久之后，鼓楼的钟声会悠扬起来，澎湃起来，胡庆余堂的金字招牌，已深入人心，扑鼻的中药味，浓浓的商业文明，以及关于钱塘记忆的声声提醒，会使久违的南宋意境，进入过客旧人的视野，撞击着久违的心愿。于是，在更铎梆声和说书人的弹唱里，时光会打开一幕幕的记忆，让人深入其中，去追寻一个关于著名旅游城市的怀旧之旅。

延安路（外一篇）

这里是繁华的代名词。一条街，在车水马龙里，寄托着人的思绪，游离着人的好奇。

无数的倦旅是不屑于过往的，这里没有一点休闲的浪漫，这里，有迪斯科、街舞和穿梭的人流。不经意间，你走进一家店铺，脸上便绽开笑容。促销小姐的热情，空调的清凉，消解着持续已久的酷热。

在熙熙攘攘的延安路，文化的定义是热烈的、经济的。你会考虑去麦当劳还是肯德基进餐休憩。假如你想购买实惠的衣装，你可以逛路边店，进龙翔服饰城。假如你只想逛逛店，解百、百大、银泰，一座座商城荡过去，半天的时间会耗得干干净净。你余下的只有感叹和疲惫。

延安路和上海南京路步行街比，你就会觉得，差距在于延安路是浮躁的，在汽车的喧嚣里，洋文化冲击着杭派服饰。餐饮文化的融合与服饰潮流的推进,将商品价格昂贵的林立店铺,挤兑得只剩下了苟延残喘的丝丝幻想。

这是一条物欲横流的街。知味观、红泥砂锅、张小泉剪刀、海天音像、美特斯·邦威与上海的毛呢大衣在争宠,股份银行、民营企业以及新华书店在抢占地盘,酒店在打价格战,电器行业在开展示会,美女在炫耀春光,帅男在扮酷装潮。留心周围的风景,你惊诧于打工者的附庸风雅,大夏天还穿衬衫打领带,你报之以微笑,多少有点儿讥嘲味道。你被美女的露脐装迷住了,她们招摇过市地卖弄纯真使你心旌动荡,你被酷哥的另类震撼了,这些乳臭未干的小子们戴着耳环、染着红发,那大如烟囱的裤管使你怀疑自己的判断,难道这是孙悟空在魔界幻游吗?

你明白了那叫现代。这就是一条街在嘲讽你的守旧目光了。

住在杭州,在臧天朔喊破喉咙唱梁祝的歌声里,你化成了一只翩翩飞舞的彩蝶,不明就里地纷飞成迷;在韩红高亢的《青藏高原》里,你像一个虚幻的灵魂,在做了无数个漂泊的梦之后,你游走在无依的城市里,寻求浪漫,而不知山河已逝,昨日难再。

这便是延安路了,延展在两种文化的岔路口,使不同类型的人,将心态的杠杆摆平,而后,正衣冠,作深沉状,伪装成淑女俊男,在红尘里为了扮演天真而寻求伪装的法宝。人们就在挤公交的焦躁和谩骂中、在讨价还价的计较声中,涌向了购物的天堂——延安路。

据说,不久后,市政府要东迁。延安路的商业气息会大打折扣吗? 作为吴山广场和武林广场的衔接和勾连处,延安路会以怎样的新装扮示人呢? 人们又在惊奇的张望中争论着这一话题。

延安路,浮躁、喧嚣,引领着时尚与盲目。

灿烂中秋

今天是中秋,我在这里向所有的朋友问好!

网络是个传奇,它使我认识了很多朋友,网络提供的信息是一片海洋,丰富、大容量。它像一座图书馆,帮助我解决了写作活动所遇到的信息量少、素材单一、对外互动少等问题。网络是一扇窗,透过这扇窗,我广交朋友,与许多慕名而来、诚心相交的朋友一起聊天,交流写作体验,大家共同提高。网络里,有新朋友,更有老朋友。我与老朋友共叙旧情,与新朋友共话生活。正如一位网友所说,相遇是一种缘,相知是一份情。在此,感谢你们,我的朋友,有朋自远方来,不亦乐乎!

中秋是个美丽的日子,它让我思念远方的父母,怀念乡亲,怀念那一捧清澈的流水。我的老家湖南凤凰是有名的景点。我在这个美丽的小县城里,度过了人生中四分之一的时光。青春如诗,而今,岁月将我的灵魂寄回到故乡凤凰。我爱我的家乡,那儿有很多优美宜人、古色古香的景点,等待着中外游客去欣赏、感受、拍摄,在网友的博客上,每当我看到这样的照片,我常常情不自禁将它们收藏。我会告诉人们,这是我的故乡,是我生命的出发点,是我魂牵梦萦的地方。如今的旅游开发使它走出了贫困,变得经济发达、物阜民丰,这都是改革开放带来的成果,为此我为故乡人民的勤劳开朗而备感自豪。

　　父母是否安康？这么多年,父母一直让我牵挂、担心。他们在老家过着悠闲的日子,收入不错,身体健康。但随着年岁的增大,他们是否能挨过一个又一个生命意义上的寒冬？我牵挂在乡下的90多岁的老外婆,我怀着牵挂,怀着对老一辈的感恩,怀着对农村四季的追念,一直把乡下当作生命里的黄金加以珍重。我怀念春光,怀想故事,乡下,是我生命的出发点。我生于乡下,长于乡下,乡下十多年的生活让我长久回味。我在对少年时光的品味咂摸中,难以自拔。我爱乡下的月色,一如中秋的圆润;我爱乡下的炊烟,在小村上空低回萦绕,它们是一些小诗,异常生动;我爱乡下的田野,它们一片浓绿。在叶杆上,我常常看到蚱蜢碧绿的身子,它们在叶脉上蹦蹦跳跳,在禾苗下的水汊里,我常常看见青蛙在潜伏,它们是在寻找庄稼的害虫。在沙地边,我曾经播种西瓜种子,在六月炎热的时节,我在瓜地边守候着,看西瓜一天天挺着圆润的身子长大,到了炎热的七月,我带着西瓜去赶一场城里的盛会。那次卖西瓜的经历,让我尝到了农村生活的艰辛。记得那一次我卖了17元钱,我舍不得多吃一碗面,回家后赶紧把钱交给我娘,从此,我就暗暗发誓,要走出大山,要到一个没有连绵群山的地方去,那儿才是我的家,我的理想天堂。于是我告别父母,走出了大山,走进了东南形胜的杭州。

　　在杭州,我通过努力拥有了一份平凡的职业,拥有了事业和家庭,成为一个孩子的父亲。杭州是我生命的驿站,我不知道自己是否有下一站,但愿这是我生命旅行时光的终点。在杭州,我欣赏月色下的西湖,它在我心里就是旧时一汪思乡水,就是落寞时的温暖,就是心灵的栖泊地。我在断桥边徘徊,憧憬着浪漫的缘分,心思飞扬。在湖心亭,我和张岱邂逅,对酒当歌,共话诗词,书写千古文章。在灵隐寺,我追寻佛缘,梦想有一天能成为智者。在花圃,我来到盖叫天的故居，与这位演艺明星、武打生角对话，畅想百年之后的青春。有空时我会一个人走走太子湾、花港、杨公堤、苏堤，我行走在时光里，畅想自己美好的人生蓝图，我不知道自己将来该从何处出发，但我对未来仍然满怀期许。相信在这个城市里，将会有永恒的圆月将我照亮，我期待着有那么一天，自己能闯出一片天空。

在杭州，我将找到心中的明月，用顽强的信念将它擦亮！

白居易的杭州情结

唐穆宗长庆二年（822年），秋深时节，在宦海中饱尝沉浮之苦的白居易，从中书舍人的位置上被外放为杭州刺史，又一次在贬谪后跋山涉水，来到倾慕已久的江南名城杭州。葛岭上的枫叶红了，保俶山上的佛塔周围，一簇簇血红的霜花和大片大片金黄的野菊开得正艳，白居易坦坦荡荡地来了，钱塘从此迎来了又一位与之结缘的文人墨客。

还没有来得及解鞍系马，白居易便匆匆微服扑进这片传奇的山水。白居易这一次贬谪的心情，远远没有七年前江州之行那般无奈与落魄。在江州的司马府里，白居易遭遇了仕途上的低潮期，目睹了琵琶女的辛酸经历，这位泪眼朦胧的大诗人吟哦出人生无常的感喟和对下层百姓的深深同情。杭州之行则不同，有了江州的低吟浅唱，檀板琵琶共金樽的醉伤，第二次放官的他，是在"立朝则尽言得失，守邦则抚安万民，总是一般，何分内外？况闻杭州有山有水，是娱我性情，有何不可"的慷慨中成行。杭州，成为诗人一生中灵魂憩息的一个安宁港湾。

白居易到了杭州，便尽起他"守邦安民"的分内之责。他的钱塘之任首要的就是做西湖文章，他意识到水乃是钱塘人赖以为存的生命之源。他让人重修李泌任刺史时开凿的六井，解决了百姓的饮水问题。他开始明察暗访，从调查中了解到下塘一带田地本靠西湖水灌溉，近来却因湖堤溃塌而成了洪水泛滥之地。白居易果断发动了民众，修堤砌岸，还特地造了蓄水池的水闸，专事灌溉泄水之利。良田又恢复了旧貌，旱涝成灾的日子一去不返。其上任后的政绩感染了杭城百姓，使这位刺史的知名度愈来愈提升。

山水情结，使白居易与西湖紧紧相携。他修高了湖堤，命人加固了断桥至孤山一带的上坝，并在长堤上种上桃李垂柳。他在西湖上盖起数座亭台、楼阁、祠庙、酒楼茶肆。从此，西湖在淡妆浓抹之中焕发出它明媚的亮色。

春天里，白居易与百姓一齐走上风景秀丽的堤岸，看孤山寺的云岚，观贾公亭一带的雾霭，听流莺在树间啼鸣，看新燕在堤边沙洲上衔泥。花开了，杜鹃映红了葛岭春色，骑上骏马，踏着浅浅的春草一路观花赏景。一路春光烂漫，岂是一个嗜山爱水的性情中人所能尝够的？公务之余，白居易的心思全留在了西湖之上。他在望海楼上品龙井，看日出夕落，享受这人间馈赠，他在护江堤上观舟，思索着治政之方。在山寺中赏月折桂，享受人生小憩，在伍子胥庙里听涛，感受钱潮汹涌。在歌妓的红袖织绫里顿首陶醉，在青青酒旗挑来的意兴之中沽酒作诗，盛赞梨花落尽清明雨的清新韵致。

白大诗人在杭州政绩斐然。从引水入杭供居民饮用到人工浚湖后在钱塘门外筑就"白沙坝"，他把西湖圈成了上、下两部分，上湖就是今天的西湖。他给后人留下的亭台楼阁是一笔有形的资产。从此，西湖的知名度打开了。杭州的旅游经济繁荣起来，作为东南名郡的钱塘，越来越显山露水，成为世人所仰慕的著名景观。

白居易还为杭州留下了一笔丰厚的文化遗产，他在任的三年里，为杭州写下无数流传千古的经典诗篇。他的一组小令《忆江南》道出了诗人浓郁的杭州情结:"江南好,风景旧曾谙,日出江花红胜火,春来江水绿如蓝。能不忆江南?"

白居易在杭州的幸逢山水之运,给他的诗歌创作带来了突飞猛进的佳绩。他曾经将自己在临江阁完成的一幅山水画寄给他的好友水部张籍。事后,在张籍的答寄诗里,我们找到这样的评价:"乍惊物色从诗出,更想工人下手难。将展书堂偏觉好,每来朝客尽求看。见君向此闲吟意,肯恨当时作外官?"

白居易在书画上的造诣姑且不提,从诗里,显然能读出白居易对杭州之行的收获是相当满意的。既然连张籍都如此钦羡,他本人更不用提了。"未能抛得杭州去,一半勾留是此湖。"西湖的山光水色,从此成为诗人解不开的心结,那江花在春光里的怒放,春水的清幽、松山的翠绿、月下的三潭月、湖心亭的雪景……岂是一个将人生借托给山水的诗人所能忘怀的?

在短短的三年里,白居易的山水诗有了突飞猛进的发展,表现在诗人对西湖的倾情关注上,有了诗人的胸襟和牵挂,西湖的秀美与绰约被展现得如此出彩:"碧毯线头抽早稻,青罗裙带展新蒲""风翻白浪花千片,雁点青天字一行""烟波淡荡摇空碧,楼殿参差倚夕阳""山名天竺堆青黛,湖号钱塘泻绿油"。

这样的山水妙对,在以前的白氏诗里是难以觅到的。可以说,一句诗堪比一幅画。如果没有对西湖山水的人文关注,是绝难写出这样的旷古绝句的,白居易是幸运的,他把自己淡泊、清雅的诗篇引向他诗歌创作风格的更新、更高远的境界,开启了他个体意义上的又一个主题和可贵尝试。

白居易在杭州的另一幸运是他与大诗人元稹的诗歌唱和,他们不仅切磋了诗艺,更加深了两人的情谊。长庆四年(824年),元稹改派浙东观察使,治所在绍兴。绍兴与杭州,相距不远。两人又是多年的宿交,情谊深厚。元稹早白居易五年入仕,做的是文职官校书郎,白居易入仕后亦授校书郎。两人在穆宗即位后,又同召入翰林,授中书舍人之职。共同的仕途经历和不事权贵、多次被贬的事实使两人惺惺相惜私交甚笃。

在文学主张上,两人也相唱和,史有"元白"之称。一日,元稹接白书信,盛赞杭州之美。元想,老友却不知绍兴之胜,于是写了首诗交一个姓贺的和尚带给白,白拆信一阅,仅有一诗:州城回绕拂云堆,镜水稽山满眼来。四面常时对屏障,一家终日在楼台。星河似向檐前落,鼓角惊从地底回。我是玉皇香案吏,谪居犹得住蓬莱。言外之意是说,我元稹住在绍兴,这座州府有镜湖的秀媚和会稽山的苍翠,山是青青屏障,水是美人眼波,楼台有老酒助兴,歌舞中越女作陪,享尽人间幸福,你白先生的杭州算什么!

白居易看后,有意逗他,于是也回了一首七律:贺上人回得报书,大夸州宅似仙居。厌看冯翊风沙久,喜见兰亭烟景初。日出旌旗生气色,月明楼阁在空虚。知君暗数江南郡,除却馀杭尽不如。意思是说,我知道绍兴有兰亭的人文美,远比北国荒漠风沙。岂不知北方有北方的好,住在楼台之上,除了逍遥歌舞,还不是会滋长孤独之意?

谁知元稹见了,以为老友在戏谑自己。于是,也玩起了迷藏:"仙都难画亦难书,暂合登临不合居。绕郭烟岚新雨后,满山楼阁上灯初。你说绍兴不美,我这里的楼阁如仙境,有烟雨作陪,有山雾环绕。看湖光山色容括万象,早起的人声和开门的声音,此起彼伏。杭州不过罗刹江的渡口而已,有这儿好吗?除了看几个江涛相搏,别的恐怕没什么去处了。

白居易自然不高兴,他得细细说与老友听:君问西州城下事,醉中叠纸为君书。嵌空石面标罗刹,压捺潮头敌子胥。神鬼曾鞭犹不动,波涛虽打欲何如? 谁知太守心相似,抵滞坚顽两有余。意思是你怎知钱江潮的汹涌澎湃,那滔滔怒潮,漂走了伍子胥的尸首,连神鬼也不能匹敌,岂是几个波涛击得碎的?

元稹看后,心服口服。原来,自己并不了解钱江潮。既如此,不妨一游。于是,元稹约了个日子,来杭公干,趁机赏了一把观潮景,感受到大潮的气象恢宏、惊心动魄。赏玩了西湖曼妙多姿的景色,在恋恋不舍中,元稹总算详解了杭州胜景的美妙与独特。他才知道,白居易不是在炫耀,这西湖山水、钱塘佳境,远比绍兴要高一等。

这对老友的笔墨官司终于告一段落,而交情却随着共同的山水之娱而日益加深。

824年夏,白居易三年的任期已满,在朝廷催还,授太子左庶子的升职令到达后,这位伟大的现实主义诗人结束了自己在杭州生活三年的浪漫之旅。老友元稹拟了一首《代杭民答乐天》五律来作为饯别:"路溢新城市,农开旧废田。春坊幸无事,何惜借三年!"他以此诗盛赞白居易在杭州兴利废旧的功绩。而白居易自己亦留诗描述这一感人的送别场面:"耆老遮归路,壶浆满别筵。甘棠无一树,那得泪潸然? 税重多贫户,农饥足旱田,唯留一湖水,与汝救凶年。"

白居易实际上自谦了,"唯留一湖水"是最好的答证。从此,杭州百姓有白堤可游,有良田可灌,有十余首名诗可吟诵,对于一个关心民生疾苦的政治家和诗人来说,还有什么更能表明心迹的呢?

白公在《钱塘湖石记》中有云:"若堤防如法,蓄泄及时""濒湖千余顷田"可以不受水旱。

一个勤政爱民的诗人走了,留下了许许多多脍炙人口的诗篇。公元825年,也许是老天的安排,白居易在换了皇帝又被外放的窘境中再次来到了"风景旧曾谙"的江南。不过,此行的人生驿站却是"水网密织,蚕桑遍布"的苏州城。身在苏州,心含杭州。这期间他写了一首回忆杭州的七律:"为我踟蹰停酒盏,与君约略说杭州……所嗟水路无三百,官系何因得再游!"

遗憾的是,一个地方官的官职所系,使他日思夜想的杭州成了梦中永远的怀旧与牵挂。不久之后,他便随着你方唱罢我登场的唐末政治动乱起伏里,像颠簸的航船孤苦漂泊。武宗会昌二年(842年),白先生抱病,以七十岁之寿休官,这位"香山居士"以七十五岁卒于古稀之年。而他与杭州的匆匆会晤,也便成为难得的一段佳话了。

苏东坡走过的杭州

与白居易相比,苏东坡在杭州的时间算是更长的了。第一次在宋神宗熙宁四年(1071年),苏东坡因反对新法,遭受排挤,以杭州通判的闲职走马上任,这四年间苏东坡的足迹踏遍了西湖及周围诸山峦;第二次在宋哲宗元祐四年(1089年),这一次他堂堂皇皇走进了知州府衙,而真正有口碑的记忆,也是这六百多天书写出来的。他效仿白居易等先达,发动杭州百姓疏浚西湖,灌溉农田,并取葑泥筑起了有名的苏堤,这六百多天的政绩远比做通判的两千个日夜要洒脱得多。毕竟,印把子要拿正的才有效用,苏东坡明白这样的官位哲学。

在近七年的杭州岁月里,苏东坡足迹最多的处所,除了西湖和吴山,恐怕要数孤山、上下天竺以及灵隐、虎跑、冷泉亭,还有就是钱塘江。这些地方,处处洒下了这位诗人的墨迹,直到今天,仍然流淌着他的豪放诗意。

苏东坡游离在仕途与禅境的迷惘里,想寻求被贬谪后的解脱。他在初任通判时的1071年阴历十二月初八日,去拜访密友欧阳修的一个旧时相识——惠勤和尚,还有另外一个惠思跟王安石则有交情。为什么到了腊八节还这样殷勤,不辞辛苦去问僧?可以推想是受人之托。沿着葛岭初阳台西盘旋而进,诗人想象着为什么惠勤、惠思肯在山上结庐:"孤山孤绝谁肯庐,道人有道山不孤。"诗人描述了两个和尚的日常生活:纸糊的窗,竹搭的庐,和尚穿着百衲衣,坐在蒲团上打盹。苏东坡没打算久待,不到午后三点即踏上回程,实际上,他没有真心参悟什么佛法,不过是尽兴而又完成旧友之托罢了:"兹游淡泊欢有余,到家恍如梦蓬蓬。"

在天竺观音院,苏东坡目睹了农事的兴盛与繁忙:正是麦子快黄时,蚕宝宝快要吐丝成茧,雨连绵不断地下着,农民不得不停下活计,农妇闲在家里,没法摘桑叶喂蚕。农夫是闲不住的,即便在家,也不会空闲,而真正空闲的是那些白衣卿相。

苏东坡的心思其实是在百姓的甘苦上。1073年,也就是苏东坡在杭的第三年,立秋节(农历八月初八),苏东坡同钱塘县令周邠、仁和县令徐畴再一次上天竺祈雨,他们夜宿灵隐。苏东坡留下了真情告白:惟有悯农心尚在,起瞻云汉更茫然。哪有什么占雨的神卜,之所以去寺里拜佛,原来心里想着的是百姓的年成与旱情呢。

诗人在吴山留下《有美堂暴雨》和《虞美人》词各一,以及《法惠寺横翠阁》古体诗一首。诗篇里流露着怀旧之意,登上横翠阁,不由感念老家故园,徒增万分悲愁。"雕栏能得几时好?不独凭栏人易老!"诗人在有美堂感受到暴雨摧折万物、气势雄浑的壮阔画面:"十分潋滟金樽凸,千杖敲铿羯鼓催。"他在1074年7月离任之际填的《虞美人》词中,对他上司、杭州知州陈襄盛赞了杭州的美好印象:湖山信是东南美,一望弥千里。使君能得几回来。便使尊前醉倒、且徘徊。

在苏东坡今存的钱塘诗抄中,观潮诗要算颇有情致:万人鼓噪慑吴侬,犹似浮江老阿童。欲识潮头高几许,越山浑在浪花中。(《八月十五日看潮》之二)。可惜的是,这样情趣盎然的诗意被诬为反诗。比如"吴儿生长狎涛渊",有人借此诬蔑苏东坡影射皇帝兴修水利!

这后来的因诗酿祸,被诬入狱,是苏东坡绝难想得到的。为此,

苏东坡痛不欲生,他曾教人带两首诗给弟弟苏辙,其中有一首写道,
"是处青山可埋骨,他年夜雨独伤神,与君世世为兄弟,更结来生未了
因"。他希望把自己的忠骨埋在杭州西湖的青山绿水间。

此后一阶段,也就是苏东坡任杭州知州所留下的诗稿里,我们可
以窥测诗人跳动的轻松心态:我在钱塘六百日,山中暂来不暖席,今
君欲作灵隐居,葛衣草履随僧蔬。诗人在闲暇之余,不忘来灵隐享受
短暂的心灵休憩。只能说,苏东坡的参禅只是出于忙里偷闲的自娱,
他虽游迹佛寺名刹颇多,留诗也可观,但还是"在郡依前六百日,山中
不记几回来"。他出于公务繁忙无暇顾及,就算是身入禅境,以他官
宦的身份,又能将全心投入几成去?

在黄州任闲职时,生活一直动荡不宁的苏轼曾有过潜心事佛的
念头,他曾静心养志颇有时日。不久,便自以为得其道,于是便带着
修成的心理去寻访挚友佛印和尚,并以诗表明心迹:"稽首天中天,毫
光照大千。八风吹不动,端坐紫金莲。"谁知佛印阅后,遂批了"放屁"
二字。苏东坡看了,怒呼:"尔何故出语不逊?"佛印和尚笑答:"尔既
修得真心,能八风吹不动,又何在乎个'放屁'?"东坡颇感惭愧,不再
多言。

这虽是则趣话,不便当真,但从中可以捕捉到苏东坡参省的浮躁
与隐避心态。试想,除了写诗的豪情与治政的理想,苏东坡在他的悲
剧人生里,又有多少真正能愉悦性情的嗜好呢? 或许,这时官时隐的
选择,不啻是诗人暂时寻求心灵庇护的无言写实吧。"入的是佛堂庙
舍,想的是糟糠百姓",苏东坡的不入禅,这在杭州的七年间,可以看
成是最合理的诠释。

把三十五岁到五十四岁两个断面切开来看,苏东坡两次被贬杭
州的心态是截然不同的。起初的屈居逍遥与后来的成熟稳重,诗人

完成了诗歌意义上的转型。以写于1072年六月二十七日的《望湖楼醉书》和写于1089年的《与莫同年雨中饮湖上》比较，前一诗有"黑云翻墨未遮山，白雨跳珠乱入船"的放达白描，直抒大雨滂沱之境，豪迈奔放；十五年后的诗中，诗人则写出"还来一醉西湖雨，不见跳珠十五年"。是雨况不同，还是时过境迁、心境有别？

　　站不住脚的是前一说法。年轻时的癫狂，是失意时的滥情，年轻气盛；十五年后的偶然遭遇，则不会有旧时那等无羁了，此时人已老，虽命中会有两次游雨西湖的境况，但心已沧桑，哪里还会跳出"乱入船"的想法？

　　难怪余秋雨会替他解辩：一种终于停止向周围申诉求告的大气，一种不理会哄闹的微笑，一种洗刷了偏激的豪情……从杭州到黄州，苏东坡完成了对人生的思考与跨越。五十而知天命，他知道第二次结缘西湖，不过是漂泊的偶然重逢，以后便很难觅到"水光潋滟晴方好，山色空蒙雨亦奇"的情致了，得干一点实事。

吴山的韵律

爬吴山的次数多了,与它便亲近了一层。久居都市,需要一块心灵的栖息地。于是我时常光顾这块乐土。

城中有山,山傍湖走。吴山算得上是至美中的大者。它高踞翘角,远眺湖光,独特的地理位置赋予它居高凭下的好处。沿着整齐的盘山台阶往上一步步走,这儿的树多以樟、松等杂处,春天偶尔可以瞥见兰花的婀娜,秋天里,一树红叶摇曳着火红的心思,伊人独翩翩,每逢雾和雨将至,一山的水墨意境,苍翠得有些让人发怵。

我喜欢一个人悄悄地爬吴山。有人说荡舟画舫,于西湖中畅游才叫洒脱,然而爬吴山的感觉更见清爽。山不太高,有一二亭台斜挂在夕晖里,望过去,显得庄严与辉煌。

苏轼《法惠寺横翠阁》道:朝见吴山横,暮见吴山纵。吴山故多态,转侧为君容。这一纵一横的点画想来与诗人的心境有关。登临绝高的亭台,眼见着孟庆甲"八百里湖山知是何年图画,十万家烟火尽归此处楼台"时,方知吴山的豪气便在这里了。

登高远眺,但见西面孤山对峙,宝俶塔似笋尖直指苍穹,西湖的水光里倒映着碧树青山;东面万家烟火,一江钱潮汹涌而来,颇有"松窗竹阁瞰秋涛"的兴味。若能在此处辟园独居,也像林逋先生一样做一个梅妻鹤子,岂不妙哉?

山上多树,惜无竹。逢节假日,人亦多。但见树影里人声鼎沸,下棋的、晨练的、闲逛的,络绎不绝。想来人亦同我,取闹中寻幽之意,不约而同相视莞尔,也算混个心照不宣。

往南去,有革命烈士纪念塔,过万松岭便是书院了,去凤凰山也方便。

逛吴山,逢清秋之时,天高云怡,适宜于观景。倘要寻僻静处小坐,看书消遣是绝佳选择。时常捧书而上,心有一份闲散,观书便多了份淡然。

所以说环境尤为重要。山上多石,皆为嶙峋峭拔之状,望去便知年代久远。细推断,此处山脊多年前必为海底山峦,由造山运动而起,如今突兀奇谲,好事者便焚香膜拜,把翘石当神仙来捧。

沿山顶自南向北而爬,北面翘起的城隍阁是吴山的象征,好事者又将吴山取名为城隍山。山下便是广场,上城区一些公益活动,都选择在这里举行。

爬吴山,其实并不是一件难事,因为山路已然砌得工整,可是真正要走进吴山,便需要几分信心了。平时人上山,转个圈便以为到达目的地,甚至以为在城隍山上喝杯茶、遛遛鸟,便能领略了山的妙处。这样的念头极普遍。

其实,选择不同的季节去吴山,感觉便有些不同。

春日里寻花。自己择清幽去处,林中花难找,但芳馥。在林中穿梭,与松鼠一齐神游于树荫里,偶尔发现一两株饱绽的白玉兰,便多了几分收获的快乐。春花要数脚边的幽艳,那些野花,一簇簇,一片片在草丛间,在野地里,以冷艳的姿态进入视野,使你不忍动步,生怕惊扰了周围鸟声和虫鸣构筑的和谐。其实,你不用去采摘这身边的花朵,黄的灿烂,使周围的幽静愈发突出;蓝的浪漫,让林间的气氛也充满了梦幻。停下来,细细寻觅,细细品味。你会觉得阳台间的花草黯然多了,真正的花草,是自然凝露润泽的宠儿。因为城市的心脏是病态的,花草才是润肺补心的灵药。所以请尊重这林间的花草吧。追寻一番浪漫,而让人能够饱餐这份意趣,就足够了。

夏日里消暑,长夏炎炎,而今年的夏日,难见骄阳的恣肆,想来老天也格外宽容。不必拘谨,将平日里的严肃卸下来,放松心情,自由自在,信马由缰,任由想象飘飞。此时的山间,松荫里满含着凉意。远处城市的喧嚣皆抛在脑后,仿佛有参禅的解脱,使人很快丢开心底的浮躁。想想看,除了山水还有什么更让人心悦的呢?试想,经过一夜的清凉,山间留给人的又该是怎样的舒爽与清幽呵。

秋日里问涛。吴山的松涛,那可是上佳的自然天籁。寻得一个周日,慢慢地进入松林,在山风的吹拂下,树的声音便响彻在天际深处。有人说,松涛响声似万马奔腾,也有人形容它似龙吟一样苍凉悲壮。当松涛响起来,能让人感觉到自然的力量。我以为这是树在呼吸,在风声中它在诉说着关乎万松的秘密,这秘密是凡人很难彻悟的。那么,试着让自己去解读它吧!松涛的语言,有一种力透纸背的深刻。大象无形、大音虚声。其实,天籁之声的妙处在于——它让人佩服,而又无法读破。

冬日里寻梅,恍若童话中的意境。到了冬天,万物凋谢。可吴山上的冬意,却让寒梅独占,梅花的冷峻为人所共知。不唯画家和词人能欣赏,旁人要附庸风雅,也只能算徒劳。观梅不宜近处,宜远眺。山梅的格调,林逋先生最能读透——"疏影横斜水清浅,暗香浮动月黄昏",还有哪些诗句能与之匹配呢?偶忆起一则趣话,画家阎立本初观梁人张僧繇的壁画,不以为然,认为"徒有虚名";再看,颔首"还算得上近代佳手";三看,竟迷住,叹道:"果然名不虚传!"走入吴山,要没有阎立本的三看,便不能读懂吴山的韵律。不知读者以为妥否?

美哉, 富阳

"这哪里是去采风, 这是去淋雨啊!"临行前, 身边的几个人就在抱怨了。我正准备回去拿伞, 一旁的作家许仙说, 拿什么伞, 男人家都不拿的。一语中的, 还真把几个作家的面子挽回来了。果然, 上山时, 我发现孔亚雷、吴玄、毕非一、赵建华等人都两手空空, 于是拿伞的想法很快为之破碎了。来到山上, 只见绿树丛中, 四周苍翠逼人, 头顶的天空很重, 仿佛要压下来似的。我的心里突然冒出吴融的两句诗:"云低远树帆来重, 潮落寒沙鸟下频。"这次来富阳, 来对了, 事后, 才知道了鹳山。

给我们带路的导游是富阳作家, 一个留着长髯的男人, 是郁达夫研究会的秘书长。沿着西麓往下走, 来到一处香樟掩映的楼阁, 叫"春江第一楼"。这楼是1964年改建的, 清咸丰年间曾毁于战火, 如今只有两层。导游说, 这里曾包给一个商人, 因经营不善, 如今已关门大吉。这时恰好前方江面开阔处有艘船驶过, 导游脱口而出说, 青山遮不住呵。透过他的美髯, 我发觉, 他的话若有若无, 似乎给这里做了很好的注解。

来到山脚下, 他指给我们看, 鹳山的头部伸出如水, 极像一只鹳鸟的头部, 细看, 果如其言, 那就是一只在饮水的鸟儿啊。穿过迤逦的廊道, 我们看见老人在唱京剧, 细听唱本, 好像是《智取威虎山》的选段。拉琴的专注,唱歌的老人沉醉,双目凝神,两手合掌打拍子,有板有眼地唱着。

　　来到郁达夫故居,故居临江而建,为江南水乡典型的"三间两弄"格局,共有院子、客厅、厨房、后堂、西厢房、夕阳楼(书房)六部分。客厅里有幅立轴,上面画着一翩翩书生,两旁写着一副对联:春风池沼鱼儿戏,暮雨楼台燕子飞。郁先生生活的闲情逸致可见一斑。郁达夫,1896年12月7日生,其父郁士贤曾为塾师兼中医,后在富阳县衙当小职员。郁达夫3岁丧父,家道衰贫。7岁开始在家乡受启蒙教育,继到嘉兴、杭州等地求学。1913年即随长兄郁华赴日本学习,1922年毕业于东京帝国大学经济学部。他的作品以书写真挚情感见长,作为创造社的发起人之一,当年他与郭沫若、成仿吾等曾一度是现代文坛的得力干将。郁先生著有《沉沦》《春风沉醉的晚上》《薄奠》等作品,客厅里还留有他的文集,以及其他人研究他的作品,如《郁达夫风雨说》等。楼上的正厅外有块写着"风流儒雅"的牌匾,是丰子恺的笔墨,取才华风流外表儒雅之意。西间墙上有他与第一任妻子孙荃的合影照,还有两首诗,是两人各表心曲时所写的。"风动珠帘夜月明,阶前衰草可怜生。幽兰不共群芳去,识我深闺万里情。"这是孙荃的诗,堪称写景抒情妙笔,格调巧,立意深,不同凡响,荡气回肠。据说郁达夫在求学阶段就很有个性,先是读于杭高,又读于建兰学校(杭二中前身),因不满教会学校风习,再后读一中专,后来留学,几起几落,仿佛早早地诠释了他坎坷的一生。1941年12月太平洋战争爆发后,郁先生参加华侨文化界的抗日工作。日军逼近新加坡后,他被迫撤到荷属小岛石叻班让,后又辗转到苏门答腊的巴爷公务,在该地以办酒厂为掩护,化名赵廉隐居下来,不久又被占领印尼的日军胁迫,到武吉丁宜日本宪兵部当翻译七八个月。在此期间,他暗中帮助和营救了不少印尼人民和华侨，获悉了日本宪兵部许多秘密罪行。1945年日本宣告投降后，郁先生在9月17日被日本宪兵部于武吉丁宜近郊荒野中秘密杀害。关于最终的死因，至今仍为世人关注，众说颇杂，郁先生后来才被确认为"革命烈士"。这仿佛诠释了一曲"沉沦"悲歌。

创作上，郁达夫主张"文学作品，都是作家的自叙传"，侧重从主观内心世界出发，表现自我的真挚感情。和小说一样，他的散文也表现出直抒胸臆的率真，行文跌宕多姿，宛如行云流水，很有艺术魅力。晚年他则主要写旧体诗抒发爱国的情感，其中《毁家诗纪》《离乱杂诗》曾被海内外文坛传诵。在新文学作家中，他是以擅长写作旧体诗著称的。胡愈之曾这样评价郁达夫："他的伟大就是因为他是一个天才的诗人，一个人文主义者，也是一个真正的爱国主义者。"

离开故居，我们来到"中国古代造纸印刷文化村"。导游说这里其实就是华宝斋，是一个私人老板产业。我们沿着高高的黑色门楼走进文化村，迎头便可看见一个雕像——毕昇，活字印刷术的鼻祖。我们进到陈列馆，在第一部分，可以看见用本地纸印刷出的经典作品，如王羲之的《兰亭集序》，这幅书法被称为"天下第一行书"，传说它原本藏在唐太宗昭陵，或者武则天陵，现在的摹本是冯承素摹本。另一幅是2001年印制的元代画家黄公望的名画《富春山居图》，获过古代长幅山水画的吉尼斯世界记录。这幅画真迹因一场大火一分为二，一半藏于浙江省博物馆，一半藏于台北的故宫博物院。在另一边墙上，悬挂着十幅画，展示了造纸的主要流程，包括砟竹、削竹、断青、翻滩、舂纸、操纸、榨纸、晒纸、刷印、装订十个方面。导游主要带我们参观了晒纸、刷印、装订等三个过程，目睹工人一张张将纸贴在一面高温晒墙上，等干好后又拿下，大家惊叹这一项活的繁复与精巧。原来,古代造一张纸竟有这么多的复杂工序。大家还参观了刷印坊,自己动手印刷字画,我印了一幅兔儿哥和一幅梅花图,梅花上有"寒香一枝梅,素云女士写"字样,刀工简洁,线条细腻。这个环节还得借助于美术学的帮助,没有高水平的雕刻手艺,谁敢在此操刀!看似简单的工艺,却蕴藏着若干复杂细致的玄机。在装订车间,我们看到几台民国时的印刷机,这些近百年的印刷机如今还能转动,确实是个奇迹。这台机器主体是个大轱辘,底下垫着张蜡纸,大轱辘墨棒转动着将纸送下去,然后如此反复印制。这里的流程也很复杂,有专门印的,专门裁的,专门上线的,专门装订的,成本的书拿着轻而美观,后来一问,价格不菲。不加彩的,平均要5毛至6毛,加上彩色,要一块多呢。作家孙昌建感慨地说:"出本线装书,看来还真不容易。"

中午,作家们冒雨来到农业生态园吃饭,大雨滂沱中,大家心情却畅快。很多菜肴都颇有特色,如地衣,吃上去温滑可口,还有玉米煮土鸡,香味四溢。本来,农庄还安排我们摘摘葡萄或者坐坐牛车,蛮惬意的,但都让雨给泡汤了。

我们在雨中荡舟江面,清风袭来,江面微微掠起涟漪。但见两岸翠色逼人,在雨中,山色叠翠,灯影依稀,纪昀诗曰:浓似春云淡似烟,参差绿到大江边。远处富春江大桥如长虹高挂,近处鸥鸟低低地掠过水面,恰似那点点美妙的奢望飞过心坎。此时多想幻化为青鸟一只,在碧水山间,做一回人间君王逍遥游哟。

美哉,富阳!人文美,山奇水亦奇。

临行时,客气的富阳市文联向我们杭州作家赠送了陆家浦生态园种植的江丰牌葡萄,这里被列为杭州市都市农业市级示范村。问及这是笔会上吃过的葡萄吗,富阳女作家方格子说"正是"的时候,我感到那股甜甜的滋味已经渗透到每一缕离别的记忆中,如今忽然化作了雨后天边的虹霓,那么鲜亮,那么灼目。不知不觉间,文联来接送的专车已经停在富春山庄的大厅前。

再见了,美丽的富阳!

一路向南

　　阳光有些软了,洒在人身上仿佛鹅毛般柔。风很大,吹得路边的树疯狂舞蹈。

　　来到长桥溪公园,我的目的地其实是丝绸博物馆。参观博物馆需要心境和时间,在寻找博物馆的过程中,我便一路循着长桥溪往上游走,先是看水,水路迤逦,水中的花草长势喜人,水深一点的还能看到游鱼,是那种扁扁长长的鱼,不知叫什么名字,游得倒也欢快。水中莲花开了,在绿叶烘托下分外醒目。

　　长桥没有桥是不行的,于是设计者充分利用水上长廊来弥补,长廊几乎介入每道开阔的河面。河岸走势往往是自如的,这儿一道,顺水往下,那儿一道,顺岸迁入高地。往往一片莲池四围都是走廊,这样显得观赏性更大! 岸边的树有悬铃木还有槐树,这些落叶乔木有的已经挂上了黄叶,想象不久之后它们回归大地,渐渐觉得秋天的尽头已经快到了。

　　进到博物馆,一楼展出的是各朝各代的丝织品,仿佛把人推向时光深处。从丝绸的发展中我渐渐觉察出一种古老的法则,那就是优胜劣汰。随着旗袍的走远,三寸金莲没入尘烟,我仿佛看见旧上海女人正在历史深处叹息。如今丝织品已经成了内衣、床上用品市场的宠儿,或许还会变成奢侈品、纪念品,在这个牛仔布打天下的时代,主流服饰开始变得自由而又复杂,样式也多了。丝织品不知将来会走向哪里。

有一个敦煌服饰展,里面展出的是常书鸿之女常小娜等人在敦煌考察时绘制的若干幅图画。我对其中的服饰图案有点兴趣。从花纹角度来说,细腻生动,线条流畅。人物多为帝王、官僚、仕女、车夫,有唐朝人物画、西夏人物画。从人物装饰来看,大都带有典型的浪漫气息。我拍下一张菩萨的照片,方面大耳,绿袍其内,灰色袈裟其外,整体上看起来气质不俗。他的服饰上染有云彩图形,一看就知道很切合宗教玄幻的艺术特质。另一张黑袍花裙菩萨装,菩萨身上的绿纱和吉祥绶带相映照,女菩萨苗条的身段和红色肤色匹配得十分协调。还有一张向佛的仕女图,这个女子身着一件红色华服,尤其是服饰上的花纹十分漂亮,另外她环佩的纱巾也很好看,是一条白底饰有芙蓉花的精品丝巾。白丝巾红裳相配,女子双手合十,十分虔诚。我还看见一张帝王像,据说那是西域的皇帝,看上去和秦始皇有几分相像,那个帝王右手拈花,左佩宝剑,头戴华美的皇冠。流苏飘飘,衣带宽松。尤其是带子上的祥瑞花纹给人以考究感。

另外,我还注意到华盖装饰,有的像顶灯,有的像帽子,有的像帐篷。那顶帐篷式的华盖肯定吸取了蒙古族装饰的特点,网状的纹路特别精致,中间是吉祥花草。顶层盖子上有波浪状图案,加之又是绿色底子,看上去就像大潮奔涌,十分漂亮。另一顶华盖真的很像吊灯,上面缀有鸟儿、火球以及符节、吊铃,花纹一圈圈向内缩微,像极了吊灯,或者UFO。

有人说敦煌就是一部大书,仅从服饰这一细节出发,就让我们感受到历朝历代浓厚的物质文化的独特魅力。它值得我们后人为它奉献一生的时间去研究守护。当年常书鸿只身去敦煌,原就是为了做

杭州情怀

它的守护神。常小娜步父亲后尘，从一个细节来窥探敦煌文化，毕业于中央工艺美术学院的她终于有了自己的研究视野。

古往今来，有多少人选准了自己人生的坐标而矢志不渝地奉献一生呢？研究是要坐冷板凳的，在枯燥乏味的领域。研究者把它当成是意中人来守候，青灯枯坐，时光已然停留在这一刻，我仿佛看到了他们拈花的笑容。

走出博物馆已是下午两点半，我从一个辽远的世界又回到了现实。这一刻，天也蓝，水也绿，透过隐约树色，我又看到西湖的波光，在不远处回荡。想想前面应该是长桥公园了吧，水流归海，摆在前面的应该就是杭州人的精神图腾——西湖！

有谁该为她守候一生呢？那些人里有没有外乡的我？

乡土中国

故乡是一抹银色的月光
故乡是头上宝蓝的天空
地上的玉米地
和一望无际高大的白杨

还有什么比思念更悠长
还有什么比北风更挚爱村庄
还有什么比亲人更铁
还有什么比回忆更灼热

让我在一场雪意里打马回家
让我守着你的墓碑写诗
我的父辈
在桃林和春天交接的路口
我的目光穿越了山峦和秋色
停留在看不到的夕阳中

故乡的记忆

故乡凤凰如今已经是有名的古城了,每年敞开她的胸怀迎接着熙熙攘攘的外来游客。我对故乡的印象,遂成为一种念想,每当枯坐窗前,便神游于故乡的情境里。

一、清边墙

据说始建于清朝的边墙原是红砂石垒砌而成,小城本有四道门,到现在,只剩下两道了,北门临河,一江碧水汩汩东去,于河上荡舟,风光无限。而我儿时却只有登墙望景的份。从乡下进城,几乎都要走这一段窄窄的墙边小路,我那时就好奇,为什么不能爬上墙头去看呢,明知外面有条川流不息的河。村中流淌的小溪便汇入了这条大河。小小的心野,早已飞进了一江碧水,顺水漂远了。

趁着母亲探问油坊的行市,我爬上了边墙。用手抚摸着城墙光滑又灰暗的沙石,我知道这是就近取土的结果。临河嘛,自然从河里掏出细沙了。风雨已经将它们洗刷得更坚实了,全不见夯筑的影子。无法想见先人在役吏的拷打下奋力打夯的情景,我抚摸着城墙,每一粒沙子仿佛都凝结着一粒汗珠。这使我想起儿时玩泥时的操作,按自己的喜好捏出作品,可惜,我们的先祖只能按官差的意图操作,一个出色的泥水匠便打造出这几百年的基业了。石与砂之间的界限明了，先是石块，后是沙墙，再上是红砖砌的垛口，留着炮口，用来瞭望或放置火铳、洋枪，冷森森的。这些东西造出来后，工匠也许会累倒，他明知这些空空的豁口都是对准自己占山为匪的弟弟或者亲戚，但他不得不做，按衙门里的意图去完成苦役。

亲戚们的匪帮来攻城了。愤怒的枪炮一齐开火，河中间漂着他们的尸身，像《湘西剿匪记》的场景，不同的是守城的全是清兵。他们穿着兵勇服，背上一个大白圆圈。

墙上裂开了口子，那是匪首们的土炮打开的，撕开的豁口使匪首们涌入城里，开始了几天几夜的抢掠，抢掠富人们的财物、家眷，焚烧他们高高的门楣，古城陷在一片火海之中……

城墙坍塌了，增援的清兵来了。城内留下匪徒东倒西歪的尸体，也留下了清兵的尸体。

又有人在修城墙，这回人们将红沙褪去，将红色的沙石添加进来，上面用钻子凿的纹路是斜斜的线，整齐地排开去。时光已经过去了数百年，修墙的人是县人民政府请来的有名石匠。

边墙成为古迹，在视野里巍然屹立。爬墙的男孩，已然成为二十几岁的小伙子。

二、石板街

北门街、道门口小街、中营街，凡是城中有来历的小巷，都铺着三尺长、两尺宽的青石板。这石板，是从城外有名的石山采集而来的上好的页岩，打磨得齐整，铺砌在路上，比柏油路还要坚实，石板下是水道，所以石板踩上去，发出的声音清脆，回味悠长。

路向房舍延伸，路的两边，留下了明清风格的建筑，这些建筑又掺杂着民族特色。吊脚楼凌空垂翼，前面有腰门，防止猪狗窜入，正门开关那是早晚的功课。窗的雕饰纹路讲究,一格一格的窗下有时还雕有花饰:牡丹、芍药、菊花等。正厅里的陈设大同小异,八仙桌、玻璃屏、烛台,保持着古风。

路是人铺的,行人在路上,留下了早起的足印。最早的人去河边洗衣或者井里挑水了,留下了水渍。石板街活跃起来,人声、车马声、狗的叫声,仿佛交响乐,组成了一曲烟火味很浓的赞歌。

三、吴家弄

恐怕数它最有里弄的风韵了。我的一个同学家在吴家弄,每次走一回都觉得冷气逼人。巷窄得只容一人穿过,若挑一担水穿过,拐角时得先挪前桶,再弯后桶。水还要不泼出来,那就见功夫了,要是遇上一个卖炭的农民,委实难将担子挪进巷子。

每次,弄里人听见哨子吹,就知道收垃圾的环卫工人来了,于是纷纷拎上垃圾桶,往巷子外奔,巷子外人满为患,还得排上长队,那阵势十分壮观。试想,要是有个小偷光顾,被人发现,七折八弯里,说不定会撞上南墙呢。

四、朝阳宫

以前的道观,现在已成戏台。表面上,山墙开得体面,进去后,对面有戏楼,观戏的场地是开阔的场子,每到节日,这里都要唱上几场傩戏。

台下是一帮子戏迷,哼哼呀呀。台上上演的是《杨家将传奇》,台下是菜桌高起,厢廊满塞了人,人声鼎沸,祥和之气,迎面袭来。

小时候,只有逢节日才有机会看上几出这样的戏。还傩愿时的戏,孩子们喜欢看。因为每出戏里会有一些打扮得奇奇怪怪的丑鬼,比如胡子倒挂的,毛发倒竖的,舌长如须的,戴白顶高帽的,面相奇诡的。他们上得台来,阴气逼人,直吓得我们毛发都打起寒战来。

　　一些有身份的富家子弟,便点了饭菜,在里间享用,为的是省下时间,以便一出出戏都不错过,就像电视连续剧一样。入夜,人声稍息,而台上唱得正酣,远远地,打更声变得清晰可闻,倦怠了的我们,遂悄悄溜出戏院,一路上飘飘然回了家,躺在床上,梦里仍走着戏路呢。

五、准提庵

　　每年,做道场时,准提庵的法事颇为壮观。乡人的迷信之风,由来已久。准提庵的道场,最为吸引人。因为这里的人都想祈福祈寿。庵里塑有观世音和弥勒佛像,还有四大天尊。

　　孩子们进去,主要是看稀奇。这儿的可怕之处就是超度亡灵。那些夭亡亲人的家属,甚至会将亲人尸身寄放在此处,选定日期为他们超度。

　　老尼姑们念念有词,南无阿弥陀佛之声不绝于耳。善男信女们也跟着念念有词。屋里香雾缭绕,门前烛架上灯火昏暝,香炉里火色旺盛,一时间,昏昏沉沉者纷纷跪拜。我们被大人拽着,动弹不得,只得勉强于蒲包上叩拜,待等开斋的时候,去抢那头份饭菜,以填满咕咕直叫的饥肠。

　　念经的时间是烦人的,有时候要彻夜来念。大人们远道而来,自然不会错过佛事。孩子们的好奇心强,一旦到这时候,便会东游西逛,偷跑到庵里的菩萨后面撒尿,或者将某个香案上的供品偷来当夜宵吃,甚至于敲敲木鱼,聊以自慰玩趣。

六、枫山赏月

一山的松荫里,月光便成为一块璧玉。其实,赏月的玩趣对小孩来说是没有意义的。大家满山转悠,玩起了捉迷藏。

月光泻满了枫林里的每一处空隙。小的灌木或者某一凹洞成为躲藏的佳处。一次为了抓到人,我像条疯狗一样狂跑,不小心掉进了炭窖,待到被拉上来,整个人像只黑鬼儿,吓得玩伴们四散奔逃。

这里是对歌的好地方。准会有粗犷诙谐的山歌迎面扑来:"对面伢崽莫打岩哟,打死你妈要你埋。"对方被这一声唬住了,许久没有回答。还有一些猜谜的山歌:"对面山上有蓬草,一个鬼子往里躲。""一根藤上结个瓜,家家户户都夸他。"另一边就回答,答对了,赏一块月饼,答错了,自己要出一个新的谜语,如此反复。

哎,故乡的记忆,似一汪老井,冒着美丽的回忆涟漪,令人难以忘怀。

写给娘的家书

娘:

最近身体好吗?

前几天听弟弟说起您存折里的一万块钱被人取走的事,儿子有点担心。娘,您攒了一辈子钱,儿子知道这点钱多么来之不易。这钱一定是给骗子骗走了,娘,您还记得二十多年前您也被骗子骗过一回吗? 您一个人在家,又不怎么识字,除了存折,连张银行卡都没有,又怎么可能丢钱呢? 这事一定要和银行说清楚。如果钱丢了,银行肯定有责任。

娘,家里都还好吗? 弟弟和弟媳要生二胎的事怎么样了? 他们还在长沙医院里求诊吗? 要不是您去拿存折,又怎么会丢了钱。您老总是想着弟弟、弟媳钱不够,可现在您好不容易攒的钱却被弄丢了!

记得儿子每一次回家,您都是那么急切,一遍遍催促去接送的弟弟。驱车数百里,到另一个地市的高铁站等候儿子一家人。您晕车,有一次为了送儿,硬撑着坐弟弟的车,车子开出两里路便又难过地下了车,您说,还是不去了。您下了车,儿看见您老一只手抹了下眼睛。您显然是舍不得即将远去的我们。

说到故乡,儿子禁不住有些凝重。行行无别语,只道早还乡。您盼着我回家,年纪大了,除了牵挂儿子,也牵挂我的家庭。其实您要牵挂的岂止是我,还有弟弟、妹妹。我们再大也都是您的儿女。

儿舍不得离开故乡,那儿有您和父亲。父亲去世已经两年有余,只要回到家,儿每一回都要到他的坟头烧香焚纸。有一回儿做梦,梦见父亲,他好像又苍老一些,还是那样手里燃着一根烟,显出沉默的样子。这根烟一直燃着,仿佛要烧灼到我的内心。儿明白,是我想他老人家了。去世的时候,儿曾往他棺材里扔了两包烟,儿想是他老人家吸完了,所以才做这样的梦。

娘啊,儿舍不得儿的师友。每次回家,几个高中同学便要小聚,已经当了肉食店大老板的滕平,在银行工作的毛丹,包工程的刘备战,当教头的田仁友,还有很多依然是同行的老同学——杨佳媚、徐英玉、欧阳琼、刘晓红、吴凤梅,还有做医生的石红霞、龙金爱,还有像您一样无私关爱儿子的王若芳老师。您说他们有空时也都会来看看您。儿子去参加聚会,同学们为儿接风洗尘,酒是要喝的,酒足饭饱,还去唱歌跳舞。说着说着大家就感慨,一个个都老了。娘啊,您常告诉儿子知恩要图报,您说人家田仁友在外公去世后,一直陪到墓地边,第三天去祭奠时依旧陪着。还有刘备战,当晚也在守夜,陪着你。儿一定要去看看田仁友和他的父母亲,当年您和父亲就经常去田仁友在廖家桥的老家去看望他们。您说人活着就是要报恩。

老家有厚重的苗族文化。苗族山歌是儿最爱听的,歌声嘹亮起来,儿的脑海里便浮现沈从文《边城》的情境,翠翠做梦,梦见有人在唱歌,那也许是傩送二佬,或者大佬。

黄永玉在他的表叔沈从文墓地边,题了一句话,一个战士不是战死沙场,便是回到故乡。您说,您也知道凤凰出了个文人,在世界上名气也很大。您让我以后,也要常回家看看,也要为国家争光。

您说老家有漂亮的山水。无论是沙湾白塔的神秘,还是夜游沱

155

江的浪漫，都成为外地人向往的梦中桃源。凤凰的美是她的容颜，白天有白天的素淡，晚上有晚上的婉约。沿着老城墙根走，儿去体会时光倒流的情境，或者穿上苗族衣饰，去做一回湘西阿普，去当一回乡下人，那也是极好的体验。您说家乡那么美，有机会就常回来看看。儿知道父母在，不远游的道理。

老家有我曾经的记忆。小时候在农村，儿是一个放牛娃，打柴，打猪草，捡桐子。那时候，农忙了还要给家里插秧，秋天瓜果飘香，看着舅舅们背着打谷桶到田里，儿想象着若干年后，儿也会挑着箩筐在田间穿梭，成为一个标准的湘西农民。儿不用体验，儿就是一个农民的后代，就像沈从文说，他是一个乡下人。

儿没忘记，儿也是一个乡下人。

娘，儿子在外，不能时常陪伴在您老身边。儿希望您老健健康康、快快乐乐。趁着身体还好，尽量来杭州玩玩，看看我和妹妹。我们在杭州，也都很好。钱丢了也就算了，希望您以后不要计较，同时也不要再节省，有好吃的多吃点。等明年春暖花开，儿子打算把您接到杭州，儿子陪您去太子湾，看看新种的好看的郁金香，以及一湾绿水。其实，杭州也有美妙的风景。

好了，娘，就说到这儿吧。娘，保重身体，儿一放假就回家看您。

此致

敬礼！

您的儿子

2018-01-22

迟 桂 花

　　杭州的桂花近来开得迟。已是寒露时节，一阵桂花味飘过，芳香还是那么馥郁。

　　早上接到妹妹电话，说老家那边有事了。父亲查出了癌症，且是晚期。我仿佛遭了惊雷，着实被吓得不轻。以前打电话，父亲总是说："爸爸好得很，爸爸没事。"

　　父亲的隐忍是出了名的。在家，他极少和母亲争执，有事要和家里商量，他总是那句话："这事先和你妈说。"所以，外人也都知道，我们家凡事要商量，得母亲点头才算数。

　　父亲的好脾气也是出了名的，远远近近人们都知道父亲从来都不得罪谁。有一回在乡下，我姑爷和我妈商量，能不能将撮箕垄那片菜园辟一条路出来让大家走。我父亲说，那就让呗。母亲非常生气，说："你就是这样的人，被人家占了便宜还说好。"还有一件事，我家造房子的时候，隔壁的守宝叔叔一家反对两家之间不留屋檐。他说你必须留一米距离，否则就不让造。为此我母亲很生气，就说："那我就是要占一米又如何。当年你们没少占我家便宜。"后来房子造好后，真的是和叔叔家墙壁贴着的，没有留一点距离。从此守宝叔叔家和我家有了不愉快。背后守宝叔叔的父亲跟我父亲说："你婆娘不讲道理的。"我父亲笑了笑："你们多担待些。大家还是亲戚。"

　　记得我三爷死时,曾要我父亲前去说话。三爷没有儿子,我爸作为侄子去为他送终,还有守宝叔叔的哥哥和群等侄辈。父亲知道我们和三爷的关系不好,就一个人去了。没让我们去,父亲也没说什么。丧事办完后回来,了解到大概我父亲出了一部分钱,我母亲觉得不合适。因为他把一亩田又转给我姑姑,也就是三爷唯一的女儿先凤。我母亲觉得不合理就闹上法院了。后来法院判了先凤姑姑承担丧葬费用,赔了我父亲一部分钱。从此村里人都说,周嫂厉害,周大哥仁义。为这事,母亲和父亲闹了一阵别扭,是父亲用他的隐忍修复了关系。过后母亲总说父亲好傻。父亲有次对我说:"我是侄子,按农村习俗,传男不传女。你三爷一直把我当他儿子待的。我成了孤儿后,跟着他一家五年多。我参加工作后,你三爷说,走吧,送了我一套他当兵时穿用的棉衣被褥。"父亲说:"你三奶奶嫌我不是他儿子,又不听话,饭也吃得多!"

　　"后来我参加工作了,"父亲说,"很少和你三爷三奶奶相处了。"三爷死的时候还说起这事。父亲说:"叔你别说了。我只记得三嫂对我有养育之恩,哪里会记仇呢。"

　　虽然这事发生后,我姑姑先凤和我家不和,但是她们从不记父亲的仇。

　　处理娘舅家的关系时,父亲表现得异常包容。大舅二舅因为分家闹矛盾。父亲对我们说:"你们不要学大舅,自己母亲生病一点都不管。我们就是我们,他再不好,也是你大舅,相互要忍的。兄弟怎么好闹别扭呢。"在父亲的调教下,我们对两个舅舅的态度从来也是恭敬的,我们到二舅家去看外婆,也顺带买礼物去看大舅。时间长了,我们和大舅一家的关系也很好。我们去他家吃饭,有时候外婆办寿宴就在大舅家办,然后把菜肴端一些到小舅家。开两桌,外婆吃一桌,大舅家办一两桌,如今二姨家人丁也旺,我们家第四代人相继长大。外婆越来越老,大舅也一天天老了。大舅和小舅的关系亲密了,虽然外婆和大舅还是有些隔阂,但也轻淡了些。想起我读书时外婆为分家一口气喝了农药的事,至今还让人胆寒。现在比起来,两家的关系缓和了许多。外婆问起:"我大孙子去了哪了?"我母亲就会说:"他去大舅家看看,一会就回来。"90多岁的外婆咧开嘴笑笑,"好的好的",她说。

我常常思考父母婚姻关系能维持几十年的原因,恐怕离不开父亲的包容。我母亲经常在我们面前数说父亲的种种不是,什么老实巴交,人善被人欺,总是胆小怕事,而且不肯做家务,等等。时间长了,潜移默化中我们似乎也觉得父亲有点懦弱过头。现在想起来倒真觉得自己可笑,父亲哪里是胆小呢,父亲是个智者。试想,如果不是这种大智若愚的包容,母亲又怎么会心甘情愿和他相守一辈子。母亲有时候对我说:"你爸摊上我这个女人是运气好! 享了一辈子福!"对此我深表赞同,是的,我还真没有看到我父亲洗过衣服,晒过棉被。我经常看到一个忙碌的女人在家里团团转,一个大老爷们回家在沙发上一躺,就卷烟、看电视、喝茶。

当然,父亲肯定上山、去地里转悠了,手上拿了一把南瓜藤,还有一袋子辣椒、西红柿、茄子什么的。父亲对我唠起家里的事:"你妈是刀子嘴豆腐心。让她说说也无妨的,家里她有一套的。"父亲相信这种默契是他和母亲长期生活建立起来的依赖与信任,而这一点,也使父亲格外相信,他这个表妹对他一直不离不弃的根本原因还是他有一颗博大的心! 它能吐纳万物,包容古今。

窗外,此刻桂树摇曳,倩影憧憧。

父亲的性格还有淡泊的一面。父亲一生都与名利富贵无缘。他不是什么党员,但他说自己就跟党员没什么区别。上班时,他是厂里唯一起早贪黑工作的狂人。他对工作的热情胜似家庭。所以家里挂满了各种先进工作者奖状。但这一荣誉随着国营企业改制土崩瓦解,他们机械厂在20世纪90年代后期宣告破产重组,企业员工因为改制,有很多人下岗。父亲差点也下岗了,是母亲去厂里找厂长求情,才换得父亲工作保留下来。两三年后,父亲终于退了休,并且把我弟弟送进厂里当了学徒工,父亲的解释是他们特别照顾,说他在厂里人缘好,某某总常夸他,人要学会感恩。父亲这种情怀基于他不重荣辱的人生观。

　　早在20世纪60年代后期,父亲因为出身很好,在省供电局的岗位上曾有个被提拔的机会。他说自己腿上的关节炎就是架高压线留下的,长期泡在洞庭湖冰冷的水里,他说只有现在才能体会到那时把身体都给耗掉了。后来,他们队长,也是他的师傅,在一次事故中被砸断了腿。队长徐师傅在上级面前尽力推荐,供电局干部科的人甚至来到湖南乡下父亲的村子找人了解情况,当组织找他谈话的时候,没想到他一口就回绝了。他说自己没文化,怕把事情搞砸,对不起组织。再说自己也是那种干活的人,不会说,不会吹。领导也难堪,给你脸你不给脸,最后以父亲文化水平太低为由,把原先的副队长曹师傅升上去了。事后父亲说,自己总宽一点儿心,为了一个队长,弄得自己求人拜爷爷似的,那不是他想要的。

　　父亲说他另一次让别人是因为母亲和我们都希望在电厂家属那里得到安置。父亲被调到会同300火力发电厂,母亲带着我们两个孩子去投奔父亲。父亲曾找过领导,希望能解决家属的安置问题。好多职工家属都解决了户口,母亲吹了无数次枕头风后,父亲和领导杠上了,最后领导说:"你家属先安排到代销点,户口先落在附近农村,等上面有政策就解决。"结果一等等了三年多,母亲一气之下带着我们两兄妹回到凤凰老家务农。父亲才觉得自己相信领导,原来是被领导耍了。后来父亲还在替领导着想,人家领导的事太多,总要一个一个解决的吧,父亲说就不去争这个户口了。

母亲气得回乡下后,父亲终于有些内疚,就回到农村来求得母亲原谅。这时母亲已经怀了三妹,家里穷得快要饭了。母亲一个人干农活有些力不从心。我们年纪又都很小,帮不了家里。于是父亲找领导请求调回凤凰。后来父亲想出了一个借调办法,和凤凰县机械厂的韩姓青年对调,这个小伙子也想出去,又是同村人。领导做了很多工作,父亲决意要走,最后领导不得不同意父亲调走的要求。父亲如愿回到了凤凰。

到人事局报到,父亲说他又一次犯傻。人事局的干部问他要到电业局还是机械厂,他说是对调,就应该回到机械厂去。人事局的人就说:"那好吧。"结果人事局的人把他的岗位转到了国营机械厂。他那时的想法以为都是国营企业,差不多的。多年以后回忆这一段经历,父亲说要是在电力部门退休,他的退休工资至少可以多两千元。父亲说这话的时候有点不甘心,但更多的是各安天命,好歹自己现在每个月也有2400元退休金,少点就少点呗,少点钱少花点。

父亲实在太淡泊了,我想。他一辈子不图名利,但是这个家庭如果没有母亲的节省打点,我们一家早就揭不开锅了。母亲在我考上高中那年终于决定进城做生意,我们家的田亩也盘给了别人种。这个家庭总算在艰难中开启另一种奋斗的历程,也终于在飘摇中奋力前行。

父亲还是那样默默做着分内的事。他辛苦、隐忍、包容、淡泊,就像迟开的桂花,一点一点散发着馨香。母亲则是桂花树旁的夹竹桃,苦苦伴随桂花树砥砺人生的风霜。

献给母亲的歌

　　大爱无言,母亲的爱是一条河,在记忆里泛着浪花,常常将异乡的我带入无穷无尽的思念里。

　　我生在农村,泥土是我的根。七岁时,我和最要好的童年伙伴在自家门前扳泥巴炮,一声响、两声响,家家户户榨米汤。我们沉浸在童年的欢乐中,常常忘了还有比玩耍更要紧的事,我要放猪,仁军要赶鸭,我们还要去上学。我娘来了,她手里拎着一根羊筋条,我一路被娘用羊筋条抽着去上学。经过大岩板菜园,我娘从菜地里扯了几根葱,她说:"你不好好念书,回家就没有腊肉吃。"

　　小学老师田晓英带着一群孩子在庵堂门口张望,我娘把吸着鼻涕的我交给她。"晓英,他要逃课,你就告诉我,我抽死他。"娘说。

　　从此,我告别了珍爱的泥巴炮。我上了学,在学校里,我是个乖学生。读到二年级的时候,比我大三岁的族叔守宝把自家的数学课本拆了,做了架纸飞机,守宝带我和元财逃课去放飞机。放完飞机我们藏在油菜花丛里寻蜜蜂,守宝说,蜜蜂脚上有一个囊,专门装蜂蜜的。我实在想看看这是怎么回事,于是,第一次逃了课。

　　乖学生逃课,这在班主任田晓英看来,实在是件大事,她马上将这事告诉我娘。那天晚上回家,我挨了娘一顿鞭子,羊筋条打断了,母亲甚至抽出了门背后的毛芋,胳膊粗的毛芋差点就要打在我瘦小的后背上。我哭了整整一宿,发誓以后要报复娘,你打我,我就还你几次。

打完了我,娘抱着柴火进厨房烧水。娘自己也哭,她说:"你以为我想打你呵,我哪有空,我要挑水、喂猪、喂鸡、喂牛,还要喂你们这四张嘴,这个家我鸡、狗、人都要管!"

慢慢地我停止了哭泣,挑起水桶去打水,娘叫我挑少一点,说水沉,后来娘特意叫舅舅打了两只小一点的水桶给我使。

后来,我到城里念初中、高中,娘每次进城,总是卖一些菜,有时候是辣椒,有时候是冬瓜,有时候是分葱,有个三块五块钱,娘总是到学校塞给我,顺便递给我一缸剁辣炒分葱。

那一年,娘和春菊姑姑来找我,一说我才知道,为的是一桩二十年前的官司。春菊的爹在合作社时被人冤枉偷东西坐了牢,后来死在牢里,她想写个状纸平反,娘说:"好歹是村里人,你一定要帮姑姑一回。"

我在春菊家待了一整天,就着柴烟烤火,在蜡黄的信纸上,我一笔笔写上这个冤案的始末。我上高二那年,娘来给我送钱,顺便捎来春菊姑姑给我买的一支钢笔和笔记本,她说:"官司打赢了。"

娘上初中时,一个学期的钱要靠她自己卖柴火才能挣来,一担柴两毛钱,要卖二十次柴火才够学费。娘读书很用功,但是读到初一上半学期末时,外公的腿病犯了,外婆说:"你是老大,会算数就行了,家里还有六个弟妹等着念书。"娘哭了,后来老师跑到家里来劝学,外公摇摇头:"唉,家里困难啊。"

从此,娘失去上学的机会,"文化大革命"前那些年,因为会算又认字,她在队里先当会计,后当赤脚医生,差点还转了正,成为区医院的正式医生。"都因为家里穷。"她说。

　　我上大学那些年,父亲下岗了。为此,我妹妹也辍了学,帮娘卖葱。为了供我上学,娘决定去找厂领导,她找到了厂长,说:"我是个农村妇女,家里就指望崽他爹那点工资,求求你厂长,不要让我男人下岗,就是让他扫地、看大门也行。"娘说着就给厂长跪下了。

　　就这样,父亲又开始上班了,可一个月就那么上十几天班,工资发不出。娘就四处借钱,凑足我一个月一百二十元的生活费。为此,我妹妹写了封信给我,她说:哥,家里都被你耗光了,每个月的钱都是借来的。可是,在娘的每一封家信里,都写着:家里一切都好,猪娃都长大了,好卖钱呢。你弟弟上小学了,第一次考了一百分,你妹妹学会做生意了,每天能挣两块多钱。你爸上班了,身体也很硬朗。读着娘的信,我的眼泪浸湿了信纸。

　　娘用自己一颗无私的爱心送我完成了学业,娘的青丝变成了白发,有一次她梳头,她说:"坏了,头发都掉光了。娘要是当了尼姑,你们怎么办?"我们都笑,笑着便都没了声音——娘老了。

　　大学毕业后,我去了外地工作,娘叮嘱我既要好好工作,尊敬长辈,也要保护好自己。记忆中,逢年过节,娘都让我们按时给外公外婆拜年。直到如今,我们家仍保留着这样的习俗,外婆九十岁了,耳朵聋,但是看到我们,眼睛里闪着晶莹的泪:"来了就好,我高兴、高兴。"

　　和家族亲戚相处,娘讲究原则,我族叔有三个,老大在家,老二考上了大学,老三后来出去打工,这三个叔叔小时候经常在我家蹭饭吃,我娘从来都是客客气气的。老大来帮忙,我娘给他买烟抽,老二坐骨神经痛,我娘给他扎针。而且族奶奶小气,常常占些小便宜,娘也忍了。后来因为他们一家与我三爷关系好,而三爷又不肯帮我们,娘干脆同他们断了来往。相反,离得最近的是一家旁亲,我们唤作小爷的,同娘的关系越来越好。俗话说,远亲不如近邻。小爷一家与我们屋前屋后,要启仓装粮,耕田下地,他们总是照应。小爷的儿子也总是热情相助。娘告诫我们,不要忘了恩,谁对你好,谁对你不好,看着心里明白。

在处理家庭关系方面,我娘的一套处世哲学是忍让宽容,但骨子里却透着硬气,对待子女亦如此。去年我家在城里买地置房,我妹妹又投了十几万,房子建成后,为了结构式样,妹妹和娘吵了几次。妹妹脾气火爆,得理不让,娘也是那种好强的个性,俩人生了气,谁也不理谁。

我回家后,想化解这种矛盾。我带着妹妹离开了家,回到浙江。我们的车子要离开时,我看到娘背着弟弟的小孩,眼睛里蓄满了泪。车子要开到马路另一边,娘一路小跑到马路右边,我看见娘腾出一只手擦着眼泪,一边装着什么事都没有一样很快背过身去。我忽然明白,娘的心其实已经交给了在外打工的儿女。在电话里,娘向我询问妹妹的情况,她说:"你妹妹这么大的人了,应该懂得改改脾气了。她还在生气,也没给我打电话,她的厂子现在好吗?"

电话这头,我和妹妹都听着不说话。我分明感到她们的那场争吵,随着时间流逝,已化作淡淡的一缕风,一下子消散了。

今年娘从老家寄来腊肉香肠、一大包核桃。妹妹说,还是家里的腊肉好吃。

弟弟坐在椅子上打开手机,翻出娘的照片一张一张给我们看,妹妹看见了娘的照片,忽然大声地说:"娘又瘦了,越来越像外婆了。"

我们能真切地感受到,娘的模样在变,可是她对儿女的牵挂却一点也没有变。

两封书信　一段尘缘

　　我的目光停留在两封书信上,一封是2007年1月22日,陈玉诚老师用圆珠笔给我写的一封信:周勇如见,昨天晚上,仁友夫妇以及小孩来看我,不久,备战来了。你们三人先后来看我,此刻我这个80岁的老人心潮澎湃,我被你们之间的友谊打动。整整一夜,我都沉醉在你们纯洁的友谊中。什么是美?这就是美,人性的光辉啊!仁友告诉我,昨晚你已离此回浙江,那里有你的事业——为文之业,在有着天堂之称的杭州,从事极高尚的人类灵魂塑造之业,是十分匹配的,也是极有韵味的,愿你文笔生辉。如结有文集,或零散的也可,挑些寄来,供我欣赏、赞美。

　　另一封写于2007年4月12日,当时我把出版的文集《杭州的情韵》寄给陈老师,他回信说:以前在《团结报》上看见过你较多的文章,心里自然十分舒服。你看起来较沉静,但读了你的文章,觉得你内心常常有一股激情在流淌。你具有一定的文学修养,目前又从事语文教学工作。教学相长,相信你在未来的日子必定会有出息,我衷心祝你成功,将来成一大家。看来,你有两个方向可以发展,一个是像徐迟那样,向报告文学发展;另一个是像已故作家前辈朱自清那样,写些短篇散文,以后也会有收获。当然这只是我的个人看法,不知你意下如何?我一切都好,感谢你和代军精心缔造的友谊。顺祝笔安!

　　每当看到这两封信,我都感到心潮起伏。经历了人世无常,我对这位老人的敬意不只是出于我和他儿子代军的20年友谊。陈玉诚老人还是值得我敬仰的同行,他教书,据说在燕京大学读书,毕业后分到河北,结了婚,生了子,政治原因被下放回老家。陈师母告诉我说,当年他下放到廖家桥农村,穷得只剩下一身皮了,是她,既要养活三个子女,又要照顾他。自己没有吃的,就去讨饭养活全家。患难夫妻才是真夫妻,这对老人在"文革"前后,经历了很多苦难,而后陈老师平反了,有了工作,又拾起粉笔,走上工作岗位,继续发光发热。

　　我读高中时,陈老师在廖家桥职中教英语,颇有名气。我去看代军,曾经在他家见过陈老师。那时候的陈老师高高大大,一身中山装,藏青色,下巴上已然长满花白胡须了。

　　不久我和代军都上了大学,再去看他,听说他已经退休,在县教师进修学校代课。有人说到他,就拿他发音受牙齿影响的事来取笑。其实,他已经是桃李满天下了。

　　我的同学仁友、晓红都曾是他的学生,现在想起来,总有一种遗憾,我错过了和陈老师的机缘。陈老师从来不问我的学业,每次去他家,感觉到他总是那么宽容,常常留我们吃饭,我们就总能品尝到陈师母为我们准备的美餐。我们时常以去代军家吃饭为荣,陈老师手里总是拿着《团结报》,戴着老花镜,非常认真地看。他问我,你自己将来希望能怎么发展,我说,先教书,再谋发展。后来。他就说,当老师很好,把老师当好了,会有出息。

　　我听了他的话,在老家教了6年书,日子被课余的兴趣都耗去了。我发表了文章,每逢到他家,他就夸我,说坚持总会有出息的。我和代军来到浙江,他又说:"去吧,哪儿都是你的家,人要学会适应。"

　　在我接触的上一辈人当中,陈玉诚老师算是最让我受益的一位了。在仅存的两封信中,他给了我许多安慰和勉励。他自己曲折的人生就是一篇好文章。他对子女的爱和别的乡人不一样,他总是不动神色地鼓励,安慰孩子。我和代军的友谊都一一留存在他的脑海里。他是睿智的,他不光关心我,关心仁友、晓红,还关心我们的家人和个人前途。我想,他对世事的洞达是深邃的,他之所以看好我的发展,大概也是因为看到了我身上那股不愿意屈居人下、有志于文学的理想信念。他对我的鼓励是我成长路上的一道阳光,让我在赤贫的家道里,找到一份自尊与荣耀,为以后的发展和规划,打下坚实的精神基础。

我要感谢陈老师,一位因为脏器衰竭而最终走向天堂的老者、长者,终年84岁。逝者如斯,人生无常,临终前,他对子孙辈说,自己没有什么遗憾的了,他很好,很幸福。他在北京的子女也都去看他了,还有代军和美虹。在此,我祝愿他身在天国,也一样幸福安康!

付刘庄的冬景

要我怎样来描绘付刘庄的冬天？一大早起床，岳母在院子里搬动东西的响声惊醒了睡梦中的我。这似曾相识的农家场景，可同南方又有着区别，比如搬动水桶的响声，风的四处打望，还有鸡打鸣的声音和响成一片的狗吠。

岳母见我起床，用浓重的山东话说了句"早着呢，不再睡会儿"。打量整个院子，两米多高的红砖墙砌成整齐划一的长方形，院子大概有30平方，北面的正房有四间，我们刚好住西边的偏房，以及西边的一间小房。岳母从里边进出时常拿一些东西，比如面粉，饭桌上吃到的白馍或者豆沙馅的面饼。正房里最醒目的要数壁间的观音大士像，其左右各有对联，右联为送财送子代代传，左联为观音临门庭增辉，横批观音赐福。再左边是幅"昊天"字样的彩幅字画，内文不详，估计跟所谓的符咒有关联。观音像的东面还有一张小一点的菩萨像，看上去是另一版的观世音。再西边，也就是符咒画的西面，有幅过期的挂历，好像是2006年的，上有一摩登女郎和一辆红色跑车，女郎窈窕，唇红齿白，仿佛要对人频送秋波或招呼客人。这张挂历旁还有帧全家福的相片，旁边还有小孩的风采照，由于年代久远，显露出十分斑驳的蜡黄色，仿佛时光已凝固在过往的那一刻。

抽屉桌也透着陈旧的赭红，上有香炉，几把香，一碗羊肉臊之类的油,还没来得及化掉,另外就是一盒烟,一篓面馍馍,其上盖了块布用来保温。整个堂屋的气氛是零乱单调的,从陈设上看,透着股沧桑味,无绪、不加修饰恰恰说明乡下主人的身份及嗜好。岳父岳母已经老了,此刻回家,我们的目的是为老人祝寿,岳父大年初六将满66岁,山东农人讲究过大寿,所以无论如何我们得赶回家。

岳母在院子里忙着,两只羊已经在西头的残砖堆上低头吃东西——刚从外边捡回来的白杨枯叶,还有一些杂草。她一面用我半懂不懂的鲁西方言唠叨天气,一面将杨树叶撒在残砖上,羊吃得很专注,仿佛嘴里咀嚼着的就是春叶,它们得熬过这冬天的饥寒,这威胁已经不是一两天的事了。

"羊就靠这些枯草过冬吗?"我问。

"嗯啊。"她简短地答,然后告诉我院角的那头小白羊,她说本来以为它过不了这一冬,结果偏巧挨过去了。岳母把一些芹菜叶放在一个旧面盆里,伴着一些衰草,那只小羊正在用嘴去嗅芹菜叶,却没有吃。

我说:"那头老羊是否要生羊羔了?"岳母说:"可不嘛,再过一个月就得抱子了。""那能生几只呢?"我问。

"说不准,要么两只,要么四只,这只是去年生的,活下了,还有一只死掉了。"岳母的话轻了些。

这时候门外传来门环的碰撞声,我以为岳父回来了,结果只是门开了,外面只有风在走动。

"风,这里风大,把帽子戴上。"岳母说。

院坝上的枯草摇摆着,确实是风,风此刻摇动枯草,像一个农人摇动庄稼,而后又摇动院子外的大片白杨林和槐枝,然后我看见冬天蓝色的天空,在风声中显得越发干净澄澈,像一块擦拭得一尘不染的翡翠。

走出院子,身后传来岳母的叮咛:"戴上帽子,凉。"沿着付刘庄西边的大道,我朝西奔跑着。头上是片纯净的蔚蓝,不过身边的风却带来了尘埃,尘埃里还有我最不愿亲近的黄土味,一轮大白的朝阳此时已在东方,明晃晃的刺眼,此刻,光斑正一步步加深,天空中还有一抹红霞。很快,苍茫原野上地风肆虐着,席卷了一切,天空开始灰茫了,四周越来越迷乱。在一片片规则分布的土地间,我看到地膜上那些钻出来的绿了——是麦苗,是蒜苗,一点点,一大片,一整片。在冬天的野地里,它们是黄色背景里最亮丽的景物,最亮丽的颜色。我在想,也许过不了多久,它们就会变成农民心目中的希望和仰望。

在麦地边缘的小路上,我还看见路边一堆堆草肥被杂乱地堆放在四处,显出很闲散的灰黑,它们的颜色显然与黄土地是成对比的,我想象不出这些人禽粪便和草木灰与庄稼的联系。那里边有着怎样一种兼容的魔力呢? 一大早,我去上厕所时,便发现粪坑被掏空了,岳父肯定是将这些粪便和着草灰搬到了大路边,堆成了一幕风景,而今这些粪肥就成了冬天里土地的伴侣,期待着融合与再生。

我躲避和追随着风,这是在鲁西南的农庄,我用一路小跑来表达我的惬意,这个早晨又凉了一些,昨晚我们的被子下又加了电热毯,岳母更深的担忧却激发了我心底的好奇。在这大地的心脏里,我们的频率正一步步加深着对冬天的共振。

我喜欢风,热爱着这冬日的鲁西南农庄,我一路跑了两里地,经过了时庄、刘庄和李庄。原野仍然如此规则,清一色的红砖结构房子,清一色的四合院,以及清一色的像条子肉般的土地。默念着村庄的名字,在苍白天宇里四处摇曳着的是我的遐想和冥想,我在回忆昨夜的梦,我梦见我在山野上飞翔,仿佛是上天给了我以想象之翅,这是我将近四十年人生中很难遇上的梦境和感动。

就在昨天，我目睹了一场丧葬仪式，其实准确说是一场下葬前的祭奠活动。死者是一位老人，在年关口走了，来不及过一个安生的大年夜。他的孝子贤孙三叩九拜，手里捧着哭丧棒，披麻戴孝，村里吊丧的人也紧接着三叩九拜。在人堆中那些穿着素服的唢呐手和敲鼓手神色庄重，他们吹着的丧曲却是《外面的世界》《大约在冬季》等流行歌曲。在人堆里，我们看到了有人在点纸钱、倒酒，还看到了放着骨灰盒的一副纸棺，这纸棺扎得像一座华美宫殿，显得十分气派。古铜色的骨灰盒与华丽的纸棺以及伴奏的流行歌曲编织成一幅冬日民俗图，在苍茫背景中的那轮白日，此时越发森然，就像付刘庄人们仓皇的脸。

而后仪式又转入村中，我目睹在电子琴伴奏下一个丰满女孩的激情串烧歌曲演唱，激情洋溢，节奏明快。我突然就想起小说家田耳笔下的小说主人公来，为了谋生的他，在乡下当起了丧葬明星，眼前的这个小姑娘使我相信那不只是一篇虚构的作品。而死者在齐秦的《外面的世界》里仿佛找到一条通道，他走了，也许，那些亡人在被歌声超度之后，他们真的追随这个不断进取的时代，而将灵魂超脱到了一个新的地下农庄里，那里鸡犬相闻，黄发垂髫，人们日出而作，日落而息。

我想到岳母家那刻着"家兴财旺"四字的门环，突然有一种想哭的冲动，那刻，不是忧伤，我明白自己是为谁而感动了。

单县牌坊

从商丘下车后,我一直留意这些颇为古意的地名。比如商丘,丘,隆起的土山,这里曾是殷商时期古文明的发源地,一定留下了殷商时期的文化遗迹。可惜时间不够,我们无法深入去了解这些文化遗迹。一路过豫东南至鲁境内,我们第一日下午便有幸目睹了单县牌坊的风采。

我的相机里至今仍保留着张家牌坊的几张"写真照",牌坊本来是民间建筑的精华,可这座牌坊偏偏沾了"皇恩"的色彩,在最高一层的正檐下垂嵌着"圣旨"匾,匾周围镂空,雕有二龙戏珠图案。所雕之龙,目悬爪张,摇头摆尾,如欲腾空而飞。

从正面来看整座牌坊,四根立柱,三间五层楼,正面只有一道檐,次间有三重檐,歇山顶式,斗拱高扬,气势恢宏。正间檐下有六个斗拱,次间上下檐各有三个斗拱,全坊上下间架匀称,搭配均衡,很好地体现了石质建筑的对称美,即左右对称、上下梁拱对称、立柱对称等。从几何角度看,它是规则的;从艺术角度看,它又是生动的。你看那坊上的白狮、云龙、牡丹、吻兽、象尊,均刻画得惟妙惟肖、栩栩如生。八根夹柱上刻有八组百个石狮,细细端详,这些石狮有的巨口利齿,大者卷毛分明,矫健威猛,小的攀匐于大狮身上,或挠痒自娱,或互相探头相嬉;有的在巨狮足下缩头探腿,奋力想要奔出;还有的则伏在大狮腿上,舔呀抚铃。这一尊尊狮座前、左、右分三面刻着浮雕圆形松狮图,可以看得见幼狮三三两两,结成队列蹦跳翻滚,又四散争抢绣球,其状尤其富有生趣。

我还注意到中额坊上分三层镂空雕刻的串枝牡丹,那些花儿皆在枝头绽放,给人以五彩缤纷的震撼,以及有似香远益清的联想。牡丹间以变形云纹,寓意"富贵万年"。在楼檐下的兽斗花拱,如意枋板承托,以及和檐雕相匹配的吻兽、象尊、岔兽、鱼、海马、跑兽等,造型皆生动无比。比如吻兽,吻尾外卷,状如象鼻,其实是吞了屋脊的,每个吻兽上又浮雕以两条游龙,其貌生动无比。还有那托宝瓶,其状憨厚可掬。牌坊正背中间的二龙朝天之形,相托一珠瓶饰物,像塔刹一般,高耸入云,尤为可感。

观察牌坊的其他部位,有的用浮雕,有的用平雕,图案有变龙、牡丹、菊花、团鹤、团寿等,都有吉祥的象征意义。特别是正间下枋板的孔鼻上还悬雕着一个石制鸟笼,微风吹过,石鸟恍如展翅欲飞,叮当作响。

如此宏伟的建筑,如此精巧的结构,在清代各地的牌坊中简直可以说是堪称绝美。

此刻蓝天如洗,在蔚蓝天宇烘托下的张家牌坊,历经两百多年风雨冲刷,仍然如此斑斓多姿,令我不得不佩服古代工匠的高超精湛手艺。

那么,这牌坊是怎么来的呢?

这座牌坊的主人是清乾隆年间皇帝为表旌文林郎张蒲妻朱氏建造的节孝坊。其牌坊石雕之精湛,号称"天下第一坊"。

相传清时单县城里有个朱谦之员外,家资殷实,娶妻陈氏,生有三女。大女儿朱蕊许配给城南黄家,出嫁不到一年,丈夫病亡,母亲想让女儿改嫁,但朱员外却说好马不配二鞍,好女不嫁二男,大女忧愁而亡。

二女儿嫁给一浪荡子弟,好吃懒做,而朱员外却用"嫁鸡随鸡,嫁狗随狗"来评判,二女儿遂于姐姐墓前自杀。

三女小名惠姐,17岁受邻家大户张寡妇之聘。那张寡妇守节尽孝,儿子张蒲自小聪明,18岁科举入仕,授文林郎。那张蒲从京城回家,因心中激恼得了伤寒症,回家即卧床,朱家员外应了张家之求,同意马上嫁女冲喜,可惜这一对前世鸳鸯,只得一面之缘。新婚之夜,当新娘惠姐秉烛而坐,暗自垂泪,那张蒲爬起来,只说了句,"娘子,像你这花一般的美人,洞房花烛夜,我却不能与你共枕,太委屈你了……"说完便一命呜呼。

殡埋张郎,惠姐对前来探望的父亲说:"女儿决心已定,当随夫而去。"那朱员外竟傻傻地说:"女儿有志,爹不拦你,这是件青史留名的事情。"

朱员外回家还在妻子前夸女儿懂道理时,三女儿的死讯就传来了,后来,乾隆为表彰朱家女儿节孝,亲自下旨,要张家为朱家三女儿立一座"节孝坊"。

张家牌坊建造时,单县城里已有一座坊体刻"百鸟朝凤"的朱家牌坊,为了盖过朱家,张氏与朱谦之商量,不惜耗尽了家财。据说后期雕刻下的每一两石粉就能换一两白银。张家已耗得只剩下一口气了,张氏担心以后别人的牌坊把自家的压下去,就问石匠,"只要加钱,还能比俺的牌坊更好吗?"那石匠傻乎乎地答:"只要加钱,还能更好。"张氏一听,私下起了坏心,在牌坊落成宴上的酒菜里下了毒,结果,把130多名建坊石匠全都药死了,这样,这座牌坊成了所谓的"天下第一坊"。

　　朱家牌坊,位于百狮坊西南约百米处。因枋心边缘浮雕有百个不同篆体的"寿"字而得名,建于1765年,为翰林院孔目赠儒林郎朱叔琪妾孔氏所建,其工巧精湛,不在此赘述,因传说也就是一个炫富斗孝的故事。朱叔琪在乾隆年间用祖荫财富入翰林院孔目,后来娶了山东大姓孔家姑娘,那姑娘是个"鹅鸭公主",指间有皮相连,形如鹅掌。孔家瞧不起朱家,提出朱家要一步一个元宝摆到曲阜,朱家果然用元宝铺到曲阜。孔氏26岁时,丈夫病亡,孔氏要求知县"点主"嫁人,但知县不答应。孔氏一气之下,去娘家求衍圣公,衍圣公答应为姑母做主,单县县令被罚为朱家出殡时丢纸钱赎罪。孔氏问衍圣公:"我死后你怎么办?"衍圣公说:"姑母若守节矢志,扶孤成人,我当奏明圣上,为建坊旌表。后孔氏抚养孤儿守寡几十年,终于使儿子成人。乾隆皇帝特降旨旌表,赐建牌坊。

　　将两座牌坊放在一起比照,不难看出里边的孝悌节义,本身就是一座封建道德的标志塔。笔者向来对能压死人的牌坊无甚好感,如今走马观花留恋于牌坊前,同别人一样边拍照边惋叹,才愈来愈读出其中的意味。比如张蒲之妻惠姐的聪颖,比如孔氏的替人着想,这都是千古庞大道德覆压之下的累卵,她们有过追求,也有过抗争,埋没在历史强大的伦理塔下,我们只看到女人的受伤,女人的牺牲与泪光。然而,她们错生在一个以皇权和父母之命、媒妁之言的伪道德统治时代,即便自己不想做圣人、做贞女,社会却偏偏将她们钉在贞节坊上,成为可悲的殉葬品。

　　我们今天这个社会,人伦道德开明了许多,可是仍然有忠孝的逸闻故事在传颂,比如好人谢延信,在前妻死后,仍奉养岳父母及呆傻妻弟,乃至二婚后。孝之后蕴含着辛酸与付出,如今的世道其实又何尝不顺应着一个古老的法则,即得与舍。谢延信舍弃了个人幸福,从而换来了整个社会的大爱。朱惠姐、张氏们牺牲了小我，成全了大节。伦理道德虽有它悖逆和不人道的一面，但天下事岂可两全？就像这眼前的牌坊，假如没有那个时代的道德规范，也就失去了它今天的光彩与辉煌。

社会应当平等，人权应当尊重，我庆幸这些牌坊只剩下两座，压在心间的，也就只是两座塔而已。听说从宋至清，单县建了百余座牌坊，到明末还余34座。而今天，它只剩下两座了。在午后紫外线的灼烧下，我依稀看到张氏朱惠姐们在牌坊上留下的泪痕，滴进这千古不变的红尘，那么晶亮，那么滚烫。

付刘庄的除夕夜

一大早,妻便招呼我起床,乡下人起得早,每次当我们在水井前洗漱,岳母已经在午后的草堆那儿搂杨树叶了,我早起后首先是喂羊。

随后,我们要干的事情是贴春联,对联是一副常规联,天增岁月人增寿,春满乾坤福满门,横批,幸福人家。这副对联从我记事起便一直垂挂在心上,从江南抚育我童年的乡下挂到山东乡下付刘庄,中间绵延了三十几年,这已是至少三十几次重复了,就像过年的鞭炮和喜庆乐鼓,年年都要响,但年年又都是一种盼望。

从北院到南院,从左边厢房到右边厢房,再到荒芜的院墙,我们拎着一大锅面糊糊,心里洋溢着暖意,首先一遍遍耐心地清洗旧年的纸屑,然后重新抹上面泥,再贴上联、下联,最后是横批。其间,妻在下方殷勤提醒,再高一点,再高一点,而阳光在举手间已经爬上了门楣。向左、向右,阳光又在我指间跳来跳去,像个调皮的精灵。岳父这时刚从别家归来,他一直在帮村中人家办丧,喝了酒又打了牌,昨天他夹在人群里,用浑厚的中音喊着:"吊丧的客人还有没有?"此时岳父一脸倦容,当他看到我和妻将大红对联贴上门楣和边框,他的表情忽然为一种欣悦所填塞,他朝我们点头一笑,满脸的褶子忽然都打开了,他嘀咕了句,阳光真好啊,便进了堂屋,不一会儿,我和妻便看见他变戏法般又拿出几副对联,朝我们晃晃说,去年的还有呢。他的嗓子是哑的,可盛情是写满了老脸的。

岳母倒是从里屋抱出棉被,妻子放下面盆去帮他,对我说,去把爸爸的对联都贴上。以前剩下的,在羊圈也贴几张,岳母说。

我们开始剪贴,有一些更小的"春""福"字,我正在想贴哪儿,岳父说,贴柜上。我才发现家里的柜子、桌子,好多地方都贴着些旧的字,是该揭下换换了。

我们把那些"春""福"字也贴上去后,岳母又说,西边那偏房也要贴,我心里想,犯得着都贴吗,真是庸俗。阳光却钻进门槛了,而且照到了西偏房。一时间,我发现,阳光下的房内,整个院子因为有着红色映衬,显得格外的灼目,我们心头也仿佛漾满了春意,暖暖的,心里一下子亮堂多了。

午饭是下午两点,那时我大舅子带着妻儿从城里赶来,来之后,大舅子挽起袖子做菜,舅母则忙着洗菜,北方的年夜饭同南方在一些方面是一致的。那就是饭桌上同样有几道菜:鸡肉、鱼。舅母说,你们南方也有吗? 我点头说,是有,不过烧的不一样。鲤鱼在我们那儿不大烧,也不这样烧,南方喜欢红烧、清蒸,你们好像不是这么做的。我岳母笑笑说,待会儿吃了就知道了。

岳母正在剥羊头,那样子早已看馋了两个侄子,我们来剥吧,小侄子抢着说,两人都把着羊头不放手,大舅子说,看,啥叫挂羊头卖狗肉啊,这就是嘛。大家都大笑起来。我们这里最好吃的要数羊肉汤了,待会儿你就知道了,小侄子煜昊学着抢白说,大家又笑起来。舅母说,吃你的狗肉吧。岳母说,不对,是羊肉。大家再次笑了起来,连狗也跟着笑了起来。大家一看,原来是隔壁的人家小孩来拜年,大家忙着招呼,倒茶。一时间,屋子里漾满了快活的空气。

几道菜的味道虽没有想象中那样好吃，但我想，天寒地冻里，过一个这样充满笑声的年，才是最要紧的呀。大舅子殷勤地劝酒，岳父向我打听南方的菜肴，说要尝尝南方的菜，他说南的时候，发的是第四声，听起来是 nàn 方，听着我就多喝了两口，也说咱 nàn 方过年那是烧得越多越好，少说也要烧十几道菜吧。妻子拉拉我的衣裳，我就说，拉个啥，不孬。这时舅子说，不孬，咱单县的酒，多喝几杯！天，我又多喝了二两。

妻子嘀咕说，喝不死你。我说，中！

羊肉汤端上来了，一碗汤，浓浓的，有股清香，有种绵长的回味感，醇厚、地道。喝汤的时候，大家都异口同声地发出哧啦的吸溜声，听上去像一首古旧的田园诗，又像陶渊明在南山锄地时那般闲逸。

午饭后的一个重要节目是包饺子。岳母将粉丝、肉、五香豆腐干、白菜帮子切碎，拌上酱油、盐、味精，调成馅，大舅子捏面、割面，妻子捏团，舅母擀皮，岳母和我则担当"包工头"，即包饺子。全家人边包饺子，边聊两个侄子的学业，妻子说，大哥，孩子还是管着点，舅母就在旁说，你哥就不听，还说，这叫发展个性，瞧见吗，打游戏都打疯了。

午后的阳光洒进家门，风还是那么紧，家里的电视正放着一段农村男女青年相爱的戏，大舅子说，看看，媒体时代，洪水猛兽，你躲也躲不及的。岳父在边上说，这是评剧吧，我疑心他说的是公平的平，他解释说，就是听上去都是一个调子。

不觉到吃晚饭的时候了，看看包好的饺子，沿着蒸笼圈成了一个螺旋的形状，煞是好看，妻说，看看是不错的，吃上去不知味道如何，岳母说，圈得好看，就是家人的功劳。

吃着饺子，味道还不错，当夜幕降下来，四面的鞭炮声淹没了一切。这是出乎我意料的，院子里也响起了侄子们放的鞭炮。岳母说，煜昊啊,到西边放,别把羊吓着了。这时我看见岳父站起来,点了一把香,插在香炉里,眼前忽然就升起久违的烟雾,在强烈的香味弥漫下,我们都觉着有点迷迷糊糊的。我疑心列祖列宗真的下了凡,这时大舅子说,点那么多干啥,有啥意思啊? 我才被声音拉回到饭桌上来。

岳母站起来,说过年了,奶奶给两个孙子发红包,我听见那俩侄子说不要的声音,就想起自己小时候过年时等着外婆发红包的着急样,往里看时,电视里早就在播中央台的春节晚会了,鼓乐声、舞曲响起来了,朱军、周涛、白岩松、朱迅齐齐亮相,就是不见李咏,大舅子说,今年要严肃点,李咏不上了,侄子插嘴说,不是,因为李咏长得丑。

门外的风,属于单县农庄的大风,剧烈地刮打着门板。房子是旧了点,岳父喃喃说,不过,倒也不至于煤气中毒。风儿钻进门缝,在橘黄的灯光照耀下,忽然便化作一股喜庆的烟雾,悄悄弥漫进每个人的内心里。

忆 岳 父

岳父走了,他的儿女在他身边,我不在。我舅佬从6月份起就一直在医院守着他,我妻子的姐姐,那位在农村种地的朴实农民也在。我们一家去医院看过老人两次。2017年10月3日,我们第一次前往山东单县探望。第二次探病,妻子就坚持留下陪伴老人,晚上在老人身边和衣而眠。

生病的人是脆弱的,如同小孩。妻子出去上洗手间,岳父也会问,上哪儿呢。有一次我搀着岳父上厕所,问他自己能解手吗,老人说,没吃饭没啥力气。种了一辈子地的岳父担心的是没力气种不了地!他甚至还埋怨从乡下赶来的二女儿,来干吗呢,赶紧回家种地去。

离开土地的农民是焦躁的。岳父在病床上一直做着还乡梦。他同我说,付刘庄后面的河,如今能钓到大鱼,随便洒点鱼食,鱼儿会上钩。我从手机里翻出很多我弟弟的钓鱼照片,岳父露出羡慕的神情,说钓鱼得有好的钩子,你弟弟还要钓钩吗,我买些给他。我说你病好后我带你回湖南去钓大鱼,岳父摇摇头说,俺的病不中了。

岳父在湖南时交代我,家里的房子要改造,朝向不好,东边门前水槽要改道,门前流水不吉利,不藏财,得走暗道,接水管。我想岳父生前一定做过风水师,岳父还炫耀他的本领,能治百病,不用吃药。他说买张车票、买包烟就够了。

岳父贪恋他的土地。他说人勤地好种，农民才有活路。他的暮年应该在农村，他的归宿在土地里，他是一个土得掉渣的山东农民，他至死没有改他纯朴的品德，珍惜粮食，不得浪费。在我家吃饭，吃剩的馒头和蔬菜，他总是反对我们随手倒掉，他说，这都是要花钱买的……

岳父走了，不甘心就此度过一生的岳父还是离开了我们，一年前，我的父亲先他而去。生有可恋。他对我说，我好了，你也不用回来，不好，你也不要回来了。他知道我们工作的人，没有多少休息时间，没有多少可以陪伴他的时光。

我要感谢我的岳父，是他生育了我贤惠的妻子，让我有了家有了宝贝女儿，其乐融融，其情可追。我要感谢岳父，他让我懂得一辈子为儿女，没有多少回报却心甘情愿地操劳；我要感谢岳父，他总是那么自信骄傲，因为他培养出的儿女，儿子在金融行业是翘楚，女儿作为建造师、经济师，是单位中层领导，她就是我的妻子，还有一个女儿在农村，她种的玉米有两米多高，她种的棉花，和岳父种的一模一样。这些棉花做的被子，温暖了我十余年来无数个异乡的梦境……

岳父大人一路走好，下一辈子，我还做你的女婿，陪你喝点小酒，钓钓鲫鱼，我们再一起聊聊关于门前流水的话题。

雪的记忆

敲下这几个字,眼里便浮现漫天飞扬的雪花。

从办公室窗外望出去,雪花好像顽皮的孩子,一片片,慢悠悠地飘下,若柳白、似飞花,看得呆了,竟发觉她竟然好像发现我的存在,有意地一转身向我迎来,好似一个精灵,那样聪颖,那样灵动。

我在联想一场雪,它在北国的田野间飞舞,当村庄间一排排杨树笔直地把道路引向村庄,当羊儿入圈、鸟儿南飞,村庄便为大雪掩盖,雪花飞洒,往往在北风的裹挟下迎面扑来,雪花太大了,它飞舞且咆哮,将一冬的力量都发挥了出来。雪吼叫着冲向田野,田野里,冬麦只长出芽,嫩芽在它的肆虐下低头,匍匐在沙土上,有气无力;兔子藏在枯草间,偶尔探出一下头,像在打量春天什么时候来,一阵雪花将它送回树洞或者地下的家。野兔的踪影将冬天具象化了,不错,冬天就该这样,所有的童话都是属于她的。在北国,我看到农人拉着板车、踩着三轮去赶集,他们将自己打扮得严严实实,像是在抵挡寒风。他们其实并不拒绝雪花,雪花洒在村道上,随便哪儿都能栖身,村道此时已为雪覆盖,农人想象这不是一场雪,这是冬天送给鲁西平原的礼物。所以,当我看见隔壁的农桑老人起身去集市,我想他一定是去采购年货了。

我们开始推车,岳母说,沟太深,车辙把轮子陷进去了,我们低下头,雪花便从围巾的外缘洒进来了,就像洒入心田的阳光,我丝毫感觉不出它的冰凉,我伸着脖子,只当是冬天温柔的抚摸!

风很大,大得像在嘶吼,我看不见前路,有一辆拖拉机熄火了,司机——一个李庄的农民,正一脸焦虑地用把手发动它,可车就像一头犟拙的羊,就是不肯入窝。

我们到了韩庄,已经快中午了,太阳竟然露了一回脸。这难得的一次韩庄购物之后,岳母决定洗一回澡。我们在大院里一直等,等了一个多小时,终于有个男的对我说,你可以进大间了,我岳母说,你先进去吧,我和华再等等。

我脱衣进澡堂子时,看到外间有个男的给我一把锁,指着东边的一排衣柜说,衣服放那儿,15号,我脱衣服的时候感到一阵凉意袭来,禁不住打了个寒战,心想既然来了,那就洗吧。我妻子再三嘱咐说,池子里脏,不要到池子里洗,等进了里间,看见几个男人在大池子里泡着,那情景委实有点诱惑力,然而我还是决定不去那地方。我在喷头下搓揉着身子,想着外面冰雪连天,才感觉到温暖的可贵与真诚。澡堂是龌龊的,那儿有身上的秽物,有一年积淀下来的晦气,有淌出的汗,有流下的泪,可从这一刻开始,我们已经获得了新生,不是吗?当几个光腚的男人在洗澡池里抽抽香烟,二手烟熏得人昏昏然,我就想,他们是何等自在惬意!

岳母和妻子从浴室里出来,已经是一个多钟头后的事了。澡堂老板丝毫也不着急,她理解顾客,都是庄稼汉,一年到头不容易。

我们在庄上又买了些东西,几条黄河鲤鱼,几棵大白菜,还有海带、鲜肉、鞭炮、几副对联、一把香,准备回家。

岳母一路上诉说着天气,她说,这雪还不算大,雪大的话,庄上的路不好走车,你哥他们就回不了家了!

　　她是在挂念她的儿子,女婿在他眼里是自家人,她要的是全家回来过大年!他儿子在银行上班,也算得上是村里的秀才,如今儿子在城市里安家立命,他这个乡下的家,已经成了他偶尔探亲的驿站,我能体会老人此时的心情。

　　在雪夜来临,作为一只候鸟,我庆幸自己已经飞回了乡下的窝,我们温暖的家。

父爱如山

给家里打电话，那头传来他的声音，苍老而且干脆，有事吗，没事就挂了。要么就是，找你妈吧，要不让她来接电话。

父亲话很少，同他交流，每次就是那么几句，我就想，谁的父亲像他呢，好像儿女都不是自己生的一样。

父亲管教我们其实有他的原则，小时候和父亲上山砍柴，父亲总是让我自己学捆柴，他说，你总得自己学不是？这样才能当一个合格的农民。他说，我小时候，你爷爷就要我自己学捆柴的。父亲把羊荆条递给我，这样，你把荆条转几圈，它就听话一点了，你再捆柴。

按照父亲的指导，我终于学好捆柴了。柴很重，压得我瘦小的肩生痛。总想歇脚。我一边挑柴一边换肩，父亲说，别总是换来换去。我没听他的，心想，又不是你的肩膀，你自然不懂得痛，可后来，两边肩膀都肿得像猴屁股时，我才信父亲的话是真的。

大一点，我上学，父亲没有逼我死读书，他说不一定书读得多就好，像他，不也有了工作吗，关键要看自己有没有那福气。父亲的话让我和母亲都觉得荒唐，什么书不念也没关系，你不就一个小工人吗，连个请假条都不会写，你还能干点啥？父亲用沉默代替回答。

再大一点，父亲的话更少了，他知道多说也没用，总是那句"你们说好就行"。

　　父亲的沉默反而给了我们更大的空间,我们学会在生活中自强自立,学会怎样按照自己的性格为人处世。当我们碰到了困难,就想起父亲说过,这事得你自己去扛。我们就拼命去做,哪怕困难再大,我们也要去做好。

　　后来父亲老了,他对我说,人不要总把自己想得太过高了,你要多替别人想想,才能容下别人。我明白,父亲心里其实是装着别人的,他越是沉默,就说明他越是在想着别人。他越是不管我,就证明他心里装的全是我。

　　和父亲一起去给爷爷上坟时,父亲对着墓地说,爸老了,以后要看你的了。我知道,父亲把担子往我身上挪了,他知道自己有一天总会去另一个世界的,他的心思其实都在儿女的成长上了。

　　我记住了父亲的话,话不多,但有嚼头。

　　父亲的憨厚其实是一种智慧,父亲的冷酷其实是一份责任。他无形中把自立教给了我。

凡闻逸事

那些走在红尘中的人
他们用誓言说话
他们简朴得像一截遗弃的
椿木
他们　纯净得忧伤
忧伤得如一段序曲

还有多少这样的人开始坚
守
还有多少的温爱如歌
在青春恰自来的时候
如苔花　如迟桂
盛开在人世盛大的背景中
不论荣宠　只是微笑

青春恰自来

从浙江革命烈士纪念馆下山时,我为山间簇簇盛开的二月兰所感动。"同志们,革命成功的时候别忘了我们",这句话刻写在路边一块石碑上,心里默念着这句话,我联想到那个把一首300年前的诗唱红的人,他的名字叫梁俊。这首300年后才红的诗叫《苔》:白日不到处,青春恰自来。苔花如米小,也学牡丹开。

2013年,梁俊带着新婚妻子、背着一把吉他来到贵州省石门坎,开始了他为期两年的教书生活。威宁自治县石门乡2010年财政收入为720万元,其中烤烟分成44.8万元,农民人均可支配收入为2018元。这里海拔落差大,全年日照2000小时,年降雨量为1500多毫米。石门乡位于威宁西北部,距县城140公里。东与本县云贵、龙街两乡镇接壤,南与黑土河相依,西与昭通市昭阳区毗邻,北与彝良县以熊家沟和洛泽河为界。

石门坎历来有重视教育的传统。早在1905年,英国传教士柏格里等人就到石门乡石门坎传教、办学,创办光华学校教育体系。这个学校向周边地区辐射,为威宁乃至贵州培养了50余位干部。梁俊和新婚的妻子来到这里,就是想在这里通过支教,把现代教育的新理念传递给孩子们。但是由于距离县城远,条件十分艰难。冬天经常停电不说,取暖设备几乎没有。他的妻子经常抱怨,说这里条件太苦了。梁俊唯有安慰她说:"亲爱的,你要是想回去,那就回去,我要在这里好好干,再谋求个人利益。"

把教育的薪火传承下去太不易了,作为搞音乐的,要教语、数等多个科目,还要研究怎么样教好这些孩子。梁俊骨子里的文人风骨让他坚信:读古诗,是为了更好地做一个现代人。于是,他尝试弹着琴唱着古诗,一首一首把它们记录下来。

我们在《经典咏流传》里所看到的小梁,大名叫梁越梅,来自贵州省威宁自治县石门乡的官家屋基。官家屋基是一个大花苗聚居的寨子,当地人称为中寨。

小梁一家共五口人,爸爸妈妈,两个哥哥,她是最小的孩子。她最大的特点就是不爱说话。即使说了,也很难令人听得清楚。其实,大花苗的孩子们都很害羞,不太敢说话,有些胆小、有些自卑。为了让他们开口,老师会每周让她们上台考试,唱歌、演话剧、讲故事、朗诵……梁俊希望他们的胆子能更大一些,心里更自信一些。梁俊的努力没有白费,在央视舞台上的小梁,她清爽的脸蛋和自信纯粹的歌声,散发着一种激越的力量。

"含苞待放"的过程很漫长。刚开始上台,孩子们要酝酿很久才发声,天生胆小、害怕犯错、内心紧张,这些都阻碍了他们表达。梁老师和孩子们都会安静等待,不时鼓励……花了一个学期,孩子们才慢慢适应这样的考试。就是在这样的考试中,梁老师第一次听到了小梁唱的《苔》,并用吉他给她伴奏,一起在讲台上唱着袁枚的诗:白日不到处,青春恰自来;苔花如米小,也学牡丹开。

让爱回家

每当听到"你打打我,骂骂我也好"这句话,我的眼前便浮现出这样的镜头——王福满穿着一件单薄的衣衫。盯着镜头,他头上的头发被冰霜冻得发白,我就觉得扎心得痛。回家吧,孩子的妈妈。也许,这就是全社会所期盼所关注的最好结果。让我们跟随椿树学堂的摄影师们走进冰花男孩的生活。

2018年1月9日,云南昭通一名头顶风霜上学孩子的照片在网上引起广泛关注。照片中的孩子站在教室里,头发和眉毛已经被风霜染成雪白,脸蛋通红,穿着并不厚实的衣服,身后的同学看着他的"冰花"造型大笑。有网友表示,看着好心疼。这张照片传到网上,人们并不知道满头冰花的男孩的真实姓名。老师征得校长同意将这张照片放到网上后,很快众多网友留言关注这个孩子。

付校长表示,出于保护孩子隐私的考虑,不便透露孩子姓名。照片中的男孩所在班级有17个人,2018年1月8日,正值学校举行期末考,上午考的是语文,因路程较远,"冰花男孩"在零下9度的低温下赶路上学,这才变成了照片里满头雪白的模样。

照片上热搜后,新闻媒体纷纷伸出援助之手。同年1月10日,共青团云南省委、云南省青少年发展基金会等组织和带领青年志愿者,深入"冰花男孩"所在的鲁甸县新街镇转山包小学及附近高寒山区学校,送去了"青春暖冬行动"所募集的首批10万元网友的爱心捐款。

同一天,新街镇转山包小学举行了简朴温馨的资金发放仪式,为在校的81名学生,现场每人发放了500元的第一批"暖冬补助"。

当天中建三局昆明分公司为"冰花男孩"所在学校捐赠保暖衣服144套、20台取暖设备。中建三局昆明分公司党委书记、总经理徐向荣表示,在征得王满福父亲的同意后,将安排他到公司昭通文体公园项目部钢筋组工作。"我们想将其培育为钢筋班组的班组长,帮助解决转山包村民的就业问题,变'输血'为'造血',带动大家一起致富。"

截至2018年1月11日,云南青基会通过腾讯公益众筹、新浪微公益众筹等方式已面向全社会筹集暖冬爱心善款共计30万余元,爱心筹款还在持续汇入。团省委、云南青基会将实时跟进筹款情况和需求状况,及时将所筹集的爱心善款全部通过相关共青团组织发放到有需要的孩子手中。

2018年1月15日,"冰花男孩"王福满的父亲王刚奎收到8000元捐助,在10天后去位于昭通市区的新工作岗位报到,每天可获收入200元。

王福满同学的家庭情况如何呢?王刚奎介绍,他的妻子离家已两年,他在云南各地的建筑工地打工,顺便打探妻子的消息。在老家,8岁的儿子王福满、10岁女儿王福美和58岁的母亲姚朝芝一起生活。

记者问王福满什么菜最好吃,小福满答,肉。奶奶姚朝芝表示,转山包村土地贫瘠,各类蔬菜瓜果不宜种植,又因家里经济拮据,他们家常年吃的菜只有土豆,吃上土豆丝炒肉已经是加餐了。

家里养了两头猪,每天放学回家,完成家庭作业后,王福满和姐姐需要打猪草、煮猪食、喂猪。王福满说:"我可以背一小背篓猪草,大背篓我可以背平平的一篓。"

在得知王福满的妈妈离家出走后,正在录制春节特别节目《一封家书》的主办方椿树学堂老总树先生决定,第一封家书就是"冰花男孩"写的,并录制视频上传至腾讯视频。

摄制组说干就干。在2月3日录制好杭州的相关视频后,摄制组马上赶往萧山机场,准备乘坐航班前往云南昭通。但由于当地突降大雪,许多航班临时取消。摄制组决定邀请在昆明拍摄的大米协助前往昭通鲁甸。当大米到达鲁甸的时候,当地人告诉他,因为大雪,去往"冰花男孩"家的马路已经被封了。在山下等待了一个晚上,第二天清晨,大米终于踏上了前往"冰花男孩"家探访的旅程。

大米冒着冰雪前行。山路为大雪覆盖,汽车轮胎打滑很厉害。无奈司机为轮胎装上防滑链,但是路仍然十分湿滑,影响了前行。

换了三辆车后,大米才到达"冰花男孩"所在的转山包村口。在一个穿红衣服女孩的引路下,两人一步一滑地走向王福满家。王福满家是典型的土坯房。门边墙上挂着篾箩,门上系着红绸,但很旧。楼上的门廊上晒着稻草。由于家里穷,脚下还是泥巴地。

推门进去,两姐妹正在烤着番薯。王福满告诉大米,自己从北京回来,感受很多。

大米告诉他,要请他为自己的妈妈写一封信时。王福满考虑了一会儿,答应了。他说就是写得不好。妈妈离开他们两年了,一直没有回来。

他的老爸王刚奎电话里说,写其实也没有多大用处,她妈妈走了,肯定不会再回来了。他又说,还是很感激大家。写了大家看得到,说不定她也能知道。肯回来就行,什么事都好说。他说话有些滞缓,但带着几分坚定。

在"冰花男孩"的家里，姐姐王福美和弟弟王福满，用他们那双长着冻疮的手，给两年来没有消息的妈妈写了一封充满思念和牵挂的家书，并通过我们的镜头，朗读了这封质朴的家书。

在信中，"冰花男孩"对妈妈说："我也想让你像其他的妈妈那样，打打我，骂骂我，那样起码你还在我的身边。"福满的朗读让人动容，尤其是当他读到"没妈的孩子像根草"时，更是让人心酸不已。

由于信号问题，当时大米录制的节目没有传回杭州，第二天，这个视频才传到《一封家书》节目组，技术人员马上处理，第一时间放在腾讯视频，随后，凤凰网、青蓝网、浙江在线等媒体相继播出"冰花男孩"王福满的《一封家书》。"妈妈，我们想你了，回家吧"，让我们把这份呼唤传递到四面八方，让冰花男孩在社会各界的关注之下，寻回失去已久的亲情，让爱回家。

孩子，愿你走过高山苦水，

将来可以仰望大野星河。

人世的艰辛，倔强的眼神，

是山里娃特有的坚韧，

孩子你看，春天，

已从网上来临。

这是我们对王福满的深深祝福。

献给一个纯净的人

人生若只如初见,当我读到《钱江晚报》上徐澜编辑那篇新闻稿时,这几个字便植入我的心里,荡起一阵微波。万刚走了,带着他刚刚浮起的文学梦。

那是去年的《江南》杂志,上面有一篇《马们,我们》,作者是万刚,一个23年来第一次在大刊上亮相的文学同仁。由于工作关系,我还没来得及细看,就将文章束之高阁,在书架上放了一年。一年后,我注意到这位"双癌斗士"已经走了,带着他对生命的无比眷恋。当初,万刚在小说的随感中曾这样写道:"更幸好,这文字已不会随着我生命的消亡而消失在时光的尘土里……"是的,面对万刚,这位让我钦佩的长者,这位神交已久的文友,我想说:一路走好,尽管我们没有见面,可我们都是用文字构筑梦幻,期望用它来留住岁月和青春,并乐此不疲好多年的文朋诗友! 万刚,你听到了吗?

我佩服你的文采,你的《马们,我们》写出了人性人情中那些最朴实、最本真的东西,它一直鞭策着我。你的这篇小说写的是兽性,同样也写的是人性。黑儿马、黄骠马的遭遇,在我的记忆里留下无法泯灭的印象。"我"和马倌王宪福的遭遇,在我青春萌动的岁月里,"我"和他就好像是两匹被骗了的小儿马,一样是活蹦乱跳的。一次救死扶伤,"我"目睹了王宪福奋力救黄骠马,"王宪福的面颊贴住马屁股,整个右胳膊捅在'那里',足足捣鼓了半个时辰之久"。"我"不知不觉间仿佛走进了20世纪70年代的大东北,那儿荒蛮、冷寂,但是人与畜却在这样的情境里同病相怜、相互呵护,并且彻底颠覆了"我"的人生观,王宪福,好样的。

这篇小说带给我们的是新气象,是大智慧。虽然它还有点稚嫩,比如语言,比如细节的抓取,但小说写得荡气回肠。它展现的是纯真的畜性、人性,表面上,他写的是畜性难改,一个青春期的男孩的青春萌动,但我们在万刚小说里读到的那股对"物性"的真实描写,对"人性"的朴实"讴歌",让我们不觉从内心敬佩,感同身受。

万刚,我佩服你的温情。你临终前毫不犹豫捐眼角膜的义举让我佩服、感动。从一个宁愿把生的光明带给别人的普通文字工作者身上,我看到了爱的力量,看到了温暖与幸福,看到了诚挚的祈祷和祝愿。你曾在媒体上呼吁:"人生最大的勇气就是直面死亡。人生最大的财富同样在于为自己的生命拍板。"这话是你写给病友欢欢、李杰的,我想他们一定和我一样热泪盈眶,此刻我眼里的你只有无私和伟大了,万刚,相信两位在温州的眼病患者,此刻会因为你的捐赠重获光明!你用你的朴实的话语打动了一座城市,此刻,我在杭州,一场春雨让这个春天萌动的城市看到了爱和美!

你劝你将来的女婿说:"希望你这位有责任感的年轻人,以一个男子汉的名义去呵护她,拜托了……"文人情怀是细腻的,假如谁做了你的女婿,这份朴素的温爱将在他时间的长河里绵延不绝。

你对你的家人和亲朋好友说不要送花圈,因为怕影响邻居生活,怕麻烦物业打扫。你出版小说,你参与公益,你是一位好丈夫、好同事、好作者!为此,我想说,万刚,你的善行与大德,必将在岁月里永恒,成为一颗永远的星星。

抛开岁月里尘封的情怀，我在你的小说里读到的是一颗智辨之心，一颗人性之心。我从你的温情里读到的是一颗善良之心，一颗仁爱之心。反观这世界，拥有这两颗心的人，虽平凡如你，但愈多愈好啊！

万刚先生，一路走好！

美　梦

　　美梦无限期，美梦不常在，美梦总是梦。

　　人常常做梦，梦醒后，仿佛还有点不敢相信这就是现实。其实有时候人很难界定梦与现实的距离。若非梦太真，怎还会有人宁愿长梦不醒？

　　大多数人是冲着梦境的美好来生活的，因为生活没有他们遐想得那么美丽。生活也就那么回事，所以你看《梦与现实》中的那人很快便察觉，自己读到的情境和现实竟然相差太大。人是先要活着再有美的体验。《我的世界下雪了》中，"我"的期望与坚守，在爱做梦的年纪，爱不是风花雪月，爱只有雪中的纯净，以及化不开的坦荡与感动。《印象·幻影》中，作者想要告诉我们，人是要做梦的，只不过要选择的对象经常因人而异。

　　小时候，我喜欢做飞翔的梦。有时候梦见自己从平地里飞起，身无双飞翼，也能飞过田畴高山，飞着飞着就飞到星辰之间，银河那头。想象着或许能碰上牛郎织女，或许能碰上那个闯天门的孙大圣。估计大小也能算一个小仙。看门的大神只一句"你是何方妖孽"便将自己震醒，打回人间。醒来时，我不禁大汗淋漓。

　　读书时，我爱做梦。梦见的是自己成绩如何好，讨老师喜欢，让父母荣耀。中国孩子读书苦，我国历来崇尚学而优则仕，但大多数孩子智力平平,社会又看不起技术职业,导致高不成低不就,所以就奢望自己能出类拔萃,这是做梦的缘由吧。

走上社会,我常常做升迁的梦。自己出身寒门,期望工作时有领导慧眼识才,将自己从基层里拔出来,一下子当个官什么的,而后能振兴教育,废除中高考制度,让孩子能幸福生活,让读书成为轻松快乐的事情。一晃又过了二十年,自己也没能当上教育局长。国家倒是换了几任教育部长,中考和高考依然保留着。最近忽然听到点消息,说是以后评价制度要改,中考要打等级分了,高考英语也要变成等级考试了。国家在一点点减负,看来这个为孩子减负的梦想不久可以实现了。改革其实也是梦想啊,一个伟大的梦想!

如今已过多梦的年纪,但我还是那么爱做梦,渴望飞翔。习主席提倡中国人有中国梦,这是颇有道理的。人虽然生活在现实之中,但一样需要梦想,需要飞翔。一个人没有梦想,生活如同死灰,离天堂就只是时间问题了,一个民族如果没有梦想,那么这个民族的未来堪忧。

让每一个人都拥有可贵的梦想,美梦变成现实的一天,终将会带来!

桃 花 赋

这是怎样的一种感动,我疑心是在江南,在水肥柳绿的河岸边,在荷韵悠悠的莲池里。我想起崔护的那首诗:"去年今日此门中,人面桃花相映红。人面不知何处去,桃花依旧笑春风。"不不,我应该记住李白的"犬吠水声中,桃花带雨浓",还是"桃花夹岸鲁门西""石门流水遍桃花",你应该是生长在江南的深巷漠野里,还是被一湖碧水所簇拥,所依宠,所呵护?

我不知道自己是第几次写关于桃花的诗了,世易时移,我写花的心境渐渐被尘俗的物欲所累,难以为继。我经常和别人为一点点报酬而讨价还价,有时候,当我遇到行乞的痴儿,我竟然报以厌恶的讥讽。我看到深山里破烂的学校和孩子饥饿的目光,会觉得司空见惯,无动于衷。我想,自己既然是一个俗人,在充满铜臭的世间聊以度日,我还需要什么真诚、热爱? 我不过是一介草莽、一叶飘萍,我还有什么资格来谈论爱!

然而,当我遇见了你,这生长在北方草甸间的一树桃花,我不禁不为你打动! 这是一树怒放的生命吗? 大朵小朵的花儿将树枝都遮住了,独留着这盛放的生命,这婆娑的姿容。我曾留意杭州苏堤边的簇簇桃花,所以我怀疑你是南方的宠儿,因为只有南方的水土能滋养你,我爱的花儿。你的艳丽是冰雪解冻后的示威吗? 你的盛放是灿烂生命的集体亮相吗？我看到只要有爱、有泪和诗,哪里都能绽放华彩,哪里都能释放激情。

当我走近你,我看到百年一遇的凤愿在一瞬间绽放,我看到一片云彩在梦境里游离。我有点受宠若惊,就像翩若惊鸿地一闪而过,眼前游过你的芳姿玉容,我便一下子揽住了你,我心中的桃花。

桃花总让人伤情,美是一转眼即过的。我虽然不能拥你入怀,但我可以拥芳簇宠。我将是一个爱花人,在尘世里我愿意是一个过客,就像崔护在路上的艳遇。带着一种遗憾和诱惑走近你,悄悄牵起你的手,把你珍藏和歌咏。

看到你冰肌玉骨、艳若天仙,我久久蛰伏的内心忽然为之一动。就像在许多荒芜而没有真爱的时光里虚度,我的眼前忽然绽开的这树桃花,让我一个匆匆过客忽然停下脚步,悄悄地向你走近,不忍心打扰你,不忍心拂动你。倘若我是一阵风儿,我也情愿绕道走开,生怕惊扰你的美艳,担心的是你这一树繁花将我围绕,我是怎样的情何以堪!

哦,桃花桃花,灼灼其华。我要是你,我就来江南走一遭。让满城的风雨都为你打开,让一川烟云在你身边围绕,让我每天,以小草的姿势,长在你的脚下,成为你永远的依靠!

我希望自己就是那个诗鬼李贺,每天守着他的那首"吴兴才人怨春风,桃花满陌千里红。紫丝竹断骢马小,家住钱塘东复东……",伴着你渐入南柯。